险途之光

纪学——著

中国言实出版社

图书在版编目(CIP)数据

险途之光 / 纪学著 . —— 北京 : 中国言实出版社,
2021.6

ISBN 978-7-5171-3363-6

Ⅰ . ①险… Ⅱ . ①纪… Ⅲ . ①诗集 – 中国 – 当代
Ⅳ . ①I227

中国版本图书馆 CIP 数据核字（2021）第 090696 号

险途之光

责任编辑：王建玲
责任校对：张天杨

出版发行：中国言实出版社
   地 址：北京市朝阳区北苑路180号加利大厦5号楼105室
   邮 编：100101
   编辑部：北京市海淀区花园路6号院B座6层
   邮 编：100088
   电 话：010-64924853（总编室） 010-64924716（发行部）
   网 址：www.zgyscbs.cn 电子邮箱：zgyscbs@263.net

经 销：新华书店
印 刷：北京温林源印刷有限公司
版 次：2023年1月第1版 2023年1月第1次印刷
规 格：710毫米×1000毫米 1/16 12.5印张
字 数：210千字

定 价：58.00元
书 号：ISBN 978-7-5171-3363-6

献给伟大的红军长征及其他

目　录

战争景观

险途之光

红军不怕远征难，
万水千山只等闲。
五岭逶迤腾细浪，
乌蒙磅礴走泥丸。
金沙水拍云崖暖，
大渡桥横铁索寒。
更喜岷山千里雪，
三军过后尽开颜。
——毛泽东《七律·长征》

1

我沿着时光的隧道行走
常常看不清自己置身何处
总有阴冷的杀声在四周回响
总有豺狼虎豹伸出利爪阻拦
而这时厚厚的泥土便在脚下托举
使我站牢双脚，稳住急跳的心
不倦履行伟大的职责
做无期的寻找

用狐狸的鼻子触摸
用鹰隼的目光搜寻
用人类睿智的大脑发现
双手轻轻拂去散落的尘埃
小心翼翼拨开迷蒙烟雾
终于找到了那段险途
布满坑洼崎岖的险途
流溢灿烂光辉的险途

长久走在那一段险途上
炮声枪声呼喊着飘过来
狂风暴雨奔跑着袭过来
高山大河簇拥着压过来
争论声音混合着传过来
绳索一样紧紧缠绕着我的思绪

我不停地走不停地看不停地听
有的明白了，有的还很模糊

我在枪炮中眺望旗帜
晃动的身影闪烁隐现
我在风雨里辨识方向
鲜红的伤口已经结痂
我在山河间查看路标
累累尸骨长进了绿野船歌
我在争论中倾听结论
时间已打上层层印记

而那一队队衣衫褴褛的人群
则以不同的姿势站立着
睁大深沉多思的眼睛
凝视他们曾经走过的路
以不同的语言反复加以同样的注解
也曾摔过跤，也曾受过伤
流过血流过汗，以生命作抵押
到底在不是路的地方，把路走得很宽
旧的新的纪念碑沉默无语
比所有的声音都嘹亮

追怀黑发的老老少少逝者
面对白发的男男女女长者
阅读厚厚的文献、书籍和亲口讲述
我时时感到手中的笔无能为力
那仅仅一年的险途，我竟一直在走
也没有能从那里迈出双脚
走不出来的是无比的圣洁之光
是我们的伊利亚特

2

穿着洗淡的单薄灰色军衣
裹伤的十月从密布的堡垒间走出来
打着绑腿的疲惫双脚
渗出杜鹃花一样鲜红的血滴
不知何往的茫然目光扫来扫去
呼出急促的喘息声
染黄的树叶飘飘扬扬
在漫空中翻飞

枪声炮声爆炸声，在身后紧紧追逐
浓稠的乌云涂抹得太阳很晦暗
投射下来铅汁般沉重的情绪
当失败已如果子一样掉落下来
便再也没有了别的选择
因而只能是别无选择的大突围
别无选择的大转移
换一个地方，去叩打胜利之门

秘而不宣的意图，极少人知道
射出的三支利箭已经飞远
却没有吸走凶狠的目光
冷峻刀枪仍然闪闪逼近
自由的鸟儿就展开了双翅
告别栖息已久的地方

慌忙间，从高高的天空中回望

青青树林间筑过温馨的巢
明亮水田里展翅唱歌
富有营养的竹笋、野菜、南瓜、红米
御寒果腹，强壮了身体
纯洁的泉水旁临流照影
梳洗没有丰满的羽毛
擦拭沾满血污的伤口
在深山密林里的岩洞藏身
神出鬼没地驰骋

百姓们认定了就不会改变
如泣如诉的送行歌婀娜多情
一送里格红军介支个下了山
秋风里格细雨介支个缠绵绵
你去哪里小伙子，你去哪里
洒满泪水的深情萦绕心头
碧云天，黄花地，雁声咽
冷了凉凉的秋风
送了一程又一程
问一声亲人红军啊
几时里格人马介支个再回山

血红的落日缓慢坠下西天
黄昏的风把黑色大幕拉开
宽宽的覆盖了丛林山壑
千年的羊肠小路蜿蜒曲折
八万双腿不能拉直
嚓嚓

　　嚓嚓
　　　　嚓嚓
　　　　　　嚓嚓
杂沓的脚步声起起落落
越去越远，越去越远

涂了黑色釉的夜神秘莫测
辨不清融在一起的山影人影
石头伸出尖利无情的指甲
抓破草鞋内的脚掌和脚趾
树林挑着弯弯的月牙，冷冷的星
幽幽微光照不亮细细山径

印过火焰一样炙热标语的
印过珍珠一样诱人钞票的
印过庄严命令和文书的
　　　　　　　　　印刷机
盛满书报和文件的箱柜
石头般沉重地压在人肩马背
磨出层层叠叠血泡汗污
虽然离开了家，但东西不能丢
带着所有的盆盆罐罐上路
把家全搬到了路上

一副副担架摆开了雁阵
担架上抬着伤员病号和孕妇，
咬牙强忍疼痛的啃嚼
这样他们也感到幸运和有福
没有"殷勤握手别梅坑"
分离的泪水湿透心和眼睛

而那些不能走出来的人
只有"恶风暴雨住无家"

危机!
　　危机!
　　　　危机!
走啊
　　走啊
　　　　走啊
今日向何方
　　　　向何方?
　　　　　　向何方?
十万百姓泪汪汪
　　　　　　早回乡!
　　　　　　　早回乡!

第一支赞歌

首先应该赞扬的是人民
我的芸芸小草，我的株株大树
我的粒粒泥土，我的块块岩石
支撑着无边的蓝天永不坠毁
谁都以人民的名义举起旗帜
可谁能真正得到人民的心

我又从那些盈满泪水的目光里
看到了恋恋不舍的真情
送行的歌声醇酒一样浓烈婉转
一代代传唱，始终没有变味
拨动老年人的心弦，青年人的情怀
站在路旁挥动双手的人
是父母，是哥嫂，是妻子，是儿女

呵，是他们
毫不迟疑地收容了造反者
献出红米饭南瓜汤喂养饥饿
献出破旧衣裳抵挡霜风寒冷
送上自己可爱的男儿女儿
以及自己所有的一切
壮大了这一支队伍

星星之火，可以燎原

人民才是浇满油的干柴
在投放的火星下燃烧熊熊火焰
无论怎样的暴雨也扑不灭
有了人民就有了岩石
有了岩石就有了火种
春风一吹就又升起大火
驱散重重寒冷和黑暗

正义的鸟儿，自由的鸟儿
处处都有绿色的大树
人民就是浓密无边的绿叶
在红军所过之处，所走路上
饥色苍白的人捧出仅有的粮米
送上仅有的盐巴和油菜
拆下门板窗棂架设浮桥
铺筑条条通往前方的路
留下的是美好的记忆

那一副副救护伤员的担架
连接起一条长长的路
那些养过伤的农家茅屋和房东
生命与财产一起化为灰烬
伤员后来当了将军
而送情报的少男少女们
被血泊淹埋了如花年龄
凡是红军经过的地方
都有撼人心魄的故事发芽生长

偷偷掩埋起来的红军坟哟
年年春来墓草青青，香火旺盛

每一座坟墓都是一个美丽的神话
父亲讲给儿子，儿子又讲给儿子
开放永不衰败的花朵
芳香着春夏秋冬四季

首先应该赞扬的是人民
是他们养育了一支军队
诗的语言长自于血的土壤
人民，只有人民
才是创造历史的主人
得民心者得天下
失民心者失天下
历史老人不停地说
记住这些话，记住这些话

3

太阳光从水里急急流走了
浑浊的河面浪头推拥着浪头
刚刚架起的浮桥不解事地抖抖索索
天空投下来的银色炸弹
地上射过来的黑色炸弹
密密麻麻聚集爆炸开来
轰　　　　　　轰
　　隆　　隆
　　　　隆
　　　　噼
　　叭　　叭
叭　　　　叭
浓浓的硝烟味在空气中蹿跳

窄窄的浮桥走不开那么多草鞋
更多的人又拥到岸边
灰布军衣包裹着焦灼的心
瘦削的蜡黄脸上布满道道污痕
嘴唇紧闭咬着不变的信仰
膨胀了每一条神经每一根血管
等待快一点传来过河命令
快！弟兄们，
　　　　　　快速前进！

他们来自不同地方，那名字是
南昌　湘赣　广州　平江　百色
挑着生命的梭镖、大刀、长矛、钢枪
挽着理想的理论、古籍、兵书、诗篇
在同一个向往的召唤下并肩携手
穿过纷飞血火走到这里
做一次失败后的拼争
开了头的路，绝不半途停下

无遮无挡的河面
无遮无挡的浮桥
在远处就看得清清楚楚
正好是不费力的射杀目标
密集的人群如集聚的蝼蚁
使每一块弹片都收到最好效果
空中的地面的投弹手们可以请功了
多久了，都没有这样过瘾

树林里隐蔽的原始大刀长矛
敌不过大炮和飞机的威力
强壮的肉体在枪弹下那么脆弱
触到弹片就被撕得粉碎
倒下时的最后一声呼喊
是那样壮烈，像一声雷霆

一个人倒进水里，溅起水花
另一个人倒进水里，拍动水波
马匹和担子倒进水里，没有声音
下沉了，淹没了，流走了
河水张开的巨大口腔里

被塞得满满当当，无法翻动
来不及细品其中的滋味
就又吐向了远方

漂浮的肿胀尸体渗出殷红的鲜血
以及比血还浓厚的心绪
从远处流来又向远处流去的河水
推动一个又一个生命
击打两岸赭色的泥土
仿佛是一千年前濉河边的景象
重新出现在眼前

挺身站立在浮桥中央的人
充血的眼睛里网满泪水
好像一块石头的路标
这里已不能十年面壁图破壁
只能以快速突出围攻封锁
目光和手势都是无上的命令
短促的口令浸透硝烟
早一点脱离开五十万刀丛

痛苦中想象
播下的种子是否能长出吉祥之树
为灼烫的天气带来丝丝阴凉
还有那三支射出的利箭
如今已经飞到了何处
能不能把密集的网击穿一个洞
牵走这里一份困窘

河岸边的一间土屋内

有人对着一张汗渍磨损的地图
浓浓的双眉拧在一起
蓝色的箭头全部指向了自己
一条条蓝色的曲线正在移动
那是构筑的墙，一道比一道坚固
稍后他才知道，那一次战役
丢失了八分之五的人马

半个世纪后，白发将军
对着三支步枪组成的纪念碑
敬了一个礼，又把头轻轻低下
统帅的哭声已经很远很远
元帅的泪水已不再流淌
悼念他二十四岁的团长和战友
当年的营长心逐大潮，激情难抑

第二支赞歌

正因为无法再活下去
才放下镰刀、铁锤、放牛鞭
拿起梭镖、大刀、长枪
于是便有了一个特有的名字
　　　　　　　　　　战士
一块块坚硬的石头
强固着一堵长城的根基

深山密林里纵横驰骋
搅起无边的雷霆和风暴
每一次冲杀都涂满鲜血
渗进岩石泥土，洒满蓝天
换来胜利的喜悦和欢庆
在没有希望的地方向希望突围
他们是最锐利的剑刃
冲在前面的先锋

总是激情升腾澎湃
以灼热血肉抵挡冷酷钢铁
甩开大步向前走，握紧刀枪
为了生存而不顾生存
爆炸声像过节和迎亲的鞭炮
像在山林中追捕野猪、野兔
只是不那么悦耳动听

带来笑语、欢欣和刺激

心跳比脚步更急促
惊恐从眼里向外弥漫
还有不祥的预兆飘飘浮浮
战士就是这样的人
既然生命已经赋予了刀枪
就得和刀枪一起去闯弹雨
不能后退，不许回头

当啮牙的弹片咬进肌肉里
最初的一刻并不觉得疼痛
抹一把黏稠的血水
当感到疼痛时，也能忍耐
圆瞪眼睛，紧皱双眉
把疼痛放到牙齿上死死咬住
不发出一点声音

倒下了，如一棵树
烧焦的面孔已扭曲变形
分不清鼻子、嘴和耳朵
那血的颜色却没有变化
红得像家屋后山坡上的杜鹃
在他们倒下的那一时刻
有老妇正领着孙子立于门前
轻声说，你爹会回来的
有少妇在稻田里默默祝福
他不会忘记这里，不会忘记我
有少女梦中脸绽笑容

这就是战士，置身战场上
从学会选择死而学会选择生
眼看着自己的战友倒下
战士自有战士致哀的方式
尽管心中的愤怒卷起巨浪
却更勇猛地向前冲锋
报仇，不是围着尸体痛哭

死去的战士留不下姓名
默默地安息于地下，化为泥土
经过生生死死的战士
才能成为赫赫的将军
将军，来自平凡的战士
只是经过的炮火
　　　　　更猛
　　　　　　更多

4

弯弯曲曲的路如蛇盘绕，在山间延伸
处处是高高的崖，深深的谷，密密的林
布满了凛冽的寒风
颓丧的情绪在蔓延，比秋风还冷
萦绕心头的惊魂和不安
比石头还重，压着行进的人群

没有目标的路通向哪里
迷茫的目光四处打量
谁也不能做出确切的回答
怀揣着各自不同的心事
是一腔腔优质的火药
随时都在寻找爆炸的机会
终于在兵败时发出雷霆般的响声

"你的兵呢？你的部队呢？
败军之将，有什么脸回来！"

"我有责任，但指挥也有失误！"

"你还敢为自己辩护，枪毙！"

"这件事让我来处理吧。"

"你把他关在了什么地方？"

"我把他放了，罪在上面！"

"你这是笼络人心，纵容败将！"

"笼络人心有什么不好
总是需要人多些好嘛"

三副普普通通的担架
担架上躺着的三个人
忧心忡忡地相互长久对望
担架把他们紧紧连接起来
失败使他们走在了一条路上
同一条路系着同样的心事

过河时流的泪水已经擦干
心头的火焰并没有熄灭
携来百侣曾游；到中流击水
横扫千军如卷席
一次次起起落落的潮水冲刷
没有改变他的壮志和目光
事实的雄辩加上语言的雄辩
说服了往日的异己

透过深度近视眼镜片
机敏的目光飘向远处
从遥迢的都市走到群山之间
变幻莫测的风云卷去了诗和小说
灵巧的笔到了战场不是指挥刀

换来的是累累尸骨和汩汩鲜血
混乱了人心和大脑

轻轻抚着未愈的伤口
红肿之处泛起溃烂
溃烂之处涌动思绪
美好的心愿都成了流水
收回审视过去的目光
谨慎地放在同行者身上
久久的思索顿时开始成熟

失败是阳光下的冰块
能很快融解，也能很快吸附
融解和吸附的都是标志
当这种标志变得明朗的时候
便出现了一股急促的"暗流"
三个人的心沟通了，从目光到语言
声音很小却很诚恳

"在中国打仗，还要靠老祖宗孙子。"

"不仅仅是独立房子的责任。"

"失败又在眼前，这不是危言耸听。"

"把你的意见带到会上，据理力争。"

"你去做工作，我把方案想周全。"

"把他们轰下台！"

"我也赞成这个主张！"

一面旗帜举起来，得到了呼应
讨论失败！讨论失败！

血泊中站立起来思考
思考中站立起来呼喊
呼喊中拥挤过来的争论
争论中改变了行军方向
通道、黎平、猴场
乌江、贵州、遵义
担架上酝酿的谋略
在冷风冷雨里长出了茁壮新芽

弯弯曲曲的路在大山间延伸
三副担架越靠越近
三个人结成了一个集团
将把面临的危局改写
只是此时没有人知道

5

沉寂的街巷顿时热闹了
军衣里飞出的欢声笑语很轻松
在摆脱追杀后的短暂时间里
把歌曲和演讲撒向四方
召唤没有出路的穷人们
聚集到自己火红的旗帜下
枇杷桥两边熙熙攘攘
闪闪红星，队队人影，男男女女

柏公馆内的气氛却非常严肃
灯光里流动浓烈的烟味
围着同一张桌子而坐的人神情却不相同
昭示着心中不相同的话
都忘记了长途行军作战的疲劳
此时耐心地坐在这少有的公馆里
时代把他们推到这张桌子旁
他们就必须做出回答

他低头念着总结报告
本来伶俐的口齿此时不再伶俐
打了败仗的指挥者理亏
认错就等于否定了自己
否定自己，不是容易的事情
额头上的汗珠子亮晶晶

没说出的话比说出的话还多

他也是败仗的指挥者
却不躲避，也不推诿应负的责任
举足轻重的地位说出举足轻重的话
只有改变错误的领导，才有希望
坦坦荡荡的胸怀和品格
吐出坦坦诚诚的话语
一生经常谈到这个公馆
和这个公馆留给他的记忆

他终于得到说话的机会
把手指夹着的烟深深地猛吸了一口
目光慢慢划过人脸，落在灯上
长久思考的话分量很重
说出口就是团团火焰，灼灼闪耀
燃烧暗淡，照亮朦胧，挑动心弦
明白的话讲出深刻的道理
失败和胜利的对比
最能激怒人，最能征服人

他第一个挺身而出
表明支持什么反对什么
被称为"关键的一票"
他的话也"立了大功"
这些都被永远记住了
绝不能忘记他们两个人

开了头的话如风暴
卷起呼啸奔腾的海浪

从失败说到失败的指挥者
摇着灯光，触着墙壁
浸透了浓浓的烟味
抒发着胸中的憋闷

一切话都不可能说服所有人
还有人坚持自己的观点
扔过来一个挖苦的嘲讽

"你顶多是看了些《孙子兵法》！"

"你知道《孙子兵法》几章？"

"大印不能这样交出去！"

"已经决定了，应该服从和执行。"

"谁正确，谁错误，走着瞧吧！"

靠门口的那张木椅上
哑默的嘴里一直衔着雪茄
被点名时将雪茄扔出门外

"你这是报复，过去我批评过你，
今天，你趁机会找我算账！"

"我们正处在生死存亡关头，
必须解决眼前的问题。"

他无力争辩，无话好说

千里迢迢走进这异国的群山
像上帝一样指挥所有阵地和兵马
可图上作业如墙上画虎
不但吓不退猎人，还被咬得遍体鳞伤

真是一个猜不透的地方，一群猜不透的人
高远而又贴近，理想而又实惠
为失败争论，为胜利争论
"崽卖爷田不心痛"
中国人独有的俗话幽默
就是最大的讽刺

没有票箱不需要投票
手臂是举起的透明的心
虔诚上帝的人没有得到上帝保佑
嘲笑孙子兵法的人受到了孙子兵法的惩罚
担架上的谋划起到了作用
得到支持的人也记住了
后来常常当着众人说起

深夜里有个人埋头奋笔
对于他，写文章比指挥打仗容易
也比口头争论娴熟
决议写在劣质的纸上
留给后人留给历史
那间公馆，也因此而荣耀
至今仍然不断有人前来瞻仰

早春的风伴着歌声
装扮了又一个开端

《随军西行见闻录》走得更远
还跨过森严的国境
几十年之后仍作为珍稀
丰富着时间的内容
省去了许多没有文字记载的故事
溅起层层美丽的浪花

6

哪部兵书说，军人不往返走同一条路
可是在同一条赤水河里
却连续四次摄下红军的身影
走过去不得不又走回来
走回来还得再走过去
过过回回，每一次跳进水里
感觉都不相同

披甲亲征上前线
大碗里盛茶权当欢送酒
"不必兴师动众，不必兴师动众
礼太重了！礼太重了！"
"理当如此，理当如此
多打胜仗，多打胜仗！"
饮过茶，敬过礼，转身上马挥手
年轻妻子站在送行人群中
含情的目光诉说着心曲

猿猴场的水很凉
土城的河岸很陡
拂晓的薄雾如轻纱一样飘柔
后面追赶的炮声在逼近
前面拦截的枪声响得急促
头上敌机的轰炸很猛烈

踏着新搭起的颤抖浮桥
如风的人流快速过到了河西

太平渡口浮桥窄
二郎滩上船只少
绕了一个圈子，回过头来向东
又指向那一座熟悉的古城
两边山峰很高，中间关口很险
枪弹射来如大雨倾泻
红花岗上血肉飞溅
老鸦山顶飘扬战旗
沉睡一年多的诗兴又大发了
西风烈，长空雁叫霜晨月
霜晨月，马蹄声碎
喇叭声咽
雄关漫道真如铁
而今迈步从头越
从头越，苍山如海
残阳如血

鲁班场边打边撤
茅台酒醇香扑鼻
有名的酒醉了有名的好汉
乘着酒兴加快脚步向前赶
窄窄的浮桥如同咽喉
卡住一门大炮，堵住了急需过河的人
饮过搪瓷缸子里的美酒红了眼睛
亲手将炮掀进河里
炮宝贵，人更宝贵

太平渡的浮桥很熟悉

二郎滩的船只很亲热

郎泉之水清哟，可以濯我脚

郎泉之酒香哟，可以作我药

小树林里地图上的箭头又指向这些渡口

突然过了河，挥一挥手：别了

许多人分别后就没能再回来

回来的人也是另一种心境

去游一游贵阳的花溪

大标语贴得鲜艳夺目

疾进的人眉飞色舞

加快速度走啊，贵阳就要到了

那里的风景很美丽，可以看一看

可以玩一玩，可以歇一歇

当城内做好了欢迎准备的时候

红军却没有光临

大观楼的长联要去欣赏

龙门的石雕艺术很精妙

滇池水浩浩荡荡无风起浪花

于是刀枪逼近了春城

可是到了跟前却又没有进去

而是赶到宣威吃了火腿

然后从从容容过了金沙江

留一只草鞋在渡口

让追来的人慢慢端详

汹涌奔腾的一条河

千万双脚是锋利的刀

雕出了一件完美的艺术品
印在刀枪相对的册页上
让后人久久地品味阐释
那是一个得意之笔
当时这样说，后人这样说
指挥者自己也这样说

走过的路是一张弓
有弓弦也有弓背
从弓背上走过的红军
比弓弦上射出的箭更迅疾
沉默不语的人打过电话又写了一封信
罪名却落在另一个人身上
"你是个娃娃，你懂得什么？"
铁厂旁的话不是结论

第三支赞歌

不需要文字的详尽记录
时间啊，最公正最真实
留在座座群山中的脚印
留在条条江河上的身影
总是那么清晰明亮
日日夜夜无声地讲述

是那些谨慎的选择
创造了闪光的辉煌
刀枪的残酷无情，争抢得你死我活
把聪明和智慧发挥到极致
一次又一次出奇制胜
走出濒临死亡的绝地

是那些足智多谋的人
在中国的泥土里生根发芽
长成了特有的品格，胸怀高远
裹着破衣烂衫的时候
心中自认为无比富有
甚至超过最有钱的大亨
即使吃不上饭喝不上水
置身刀丛也从容镇定如常

他们是普通的人
却比普通人站得更高更远

他们是平凡的人
比平凡人意志更坚定胸怀更浩大
因此充当了领头的雄鹰
在晴空里乌云里风暴里
始终飞在最前面

当压迫如山逼过来
他们绝不改变走向
忍耐是蓄积力量，准备新的崛起
不衰的天才是真正的天才
不屈的信仰是真正的信仰
努力为生还努力为死
扯开自由旗，唱起独立歌

在生死难测的危途中
总有办法走出困扰
将所有的坎坷都变成坦途
敌军围困万千重
我自岿然不动
对挑战发起勇猛挑战
直至取得全胜

由这些人组成的集体被称为
　　　　　　　　　领袖
不论站起来还是倒下去
都是一面飘飘扬扬的旗帜
从血与火中走出的核心
是摧不毁的路标
没有共产党就没有新中国
大海航行靠舵手
不仅仅是嘴里唱的歌曲

7

丛生的荆棘掩埋着崎岖小路
左弯右拐在险峰峭壁间缠绕
崇山峻岭中有一块天然乐土
繁衍着世世代代的子民
世世代代的子民开拓了山间生机
挺拔的树木和五彩的花草
供着一个勤劳善良的民族

中华大家庭里的美丽成员
勇敢、刚劲、强悍，能歌善舞
男人在疾跑的马背上射落飞鸟
女人旋转起长筒裙溪水边欢跳
香醇的米酒迎送过往贵客
熊熊炉火驱走旅途风寒
散落的村寨敞开盛情大门

听说来了汉人的军队
长久的隔阂变成了仇视行动
拆除条条山涧上的独木桥
每个窗口里都隐蔽愤怒的眼睛
监视进进出出的每一条道路
射出的利箭涂着毒药
探路的军人被扒光衣服夺去枪弹
狼狈地退了回来

一支快速行进的军队停住了脚
手里有枪不能扣动枪机
面对土枪、长矛和棍棒
响当当的银圆也失去了诱惑
"切莫怀疑畏缩"
"再不受人欺辱"
真诚的话唤不醒蒙尘的心
改变不了仇恨的目光

时间在刀尖上奔跑
进军的路已不容更改
后面的枪炮声越逼越近
前面的路却被阻挠
"快住手，别放箭，同胞们！"
"我们是中国工农红军！"
眼睛不好的参谋长
大步走到了袁居海子边

清粼粼的海子
亮晶晶的涟漪
磨砺出一千年一万年的明镜
高高地悬在群山之间
映照过多少日月星辰
映照过多少拼抢杀掳
水下有一根根化不掉的白骨
把浸透血泪的往昔叙说

斩杀了头的鸡躺在地上
碗里盛着清清的水

红红的鸡血缓缓溶进水中
血的酒，酒的血，高高举起
歃血为盟，歃血为盟
一个古老的传统的仪式
红军的参谋长，家族的首领
两个人双膝跪着，对天盟誓

"上有天，下有地……结为兄弟"
"如有三心二意，同此鸡一样死！"

呜呼！
　　　　呜呼！
万岁！
　　　　万岁！
欢庆的歌舞逗笑了太阳
在巍巍大山间盘旋
在清清海子里浮动

黄昏之后的晚宴摆满盛情
所有的芥蒂已被风驱走
"明天我接应你们过境。"
"自己人不打自己人，
十个指头捏在一起力量就大。"
发自肺腑的话映着篝火闪耀
听话的人全都记在了心里

十三岁的小姑娘站在路中央
赤裸裸的胴体在太阳下闪光
两只眨动的明亮大眼睛
挡住了迎面而来的千军万马

而在不远处的山坡上
隐藏着待发的刀矛、弓箭
惊呆了所有的人

女军人摘下军帽甩动短发
这时她觉得平时嫌长的头发太短
不能让山坡上的人看得更分明
她一步一步，一步一步接近少女
伸手抚摸那蓬乱的头发，光滑的双肩
然后脱下自己宽大的军衣
穿在少女秀丽的身上
刀矛未呐喊，弓箭未呼啸

红军又迈动双脚前进了
踏踏的脚步声传向远方
平静友善的目光里
溢出一缕缕难言的同情和轻松
而那张照片却没能留下来
让后人细细品味

半个世纪之后
从袁居海子边升起的火箭
把一颗颗卫星送上万里蓝天
亚星
　　澳星
　　　　休星
激起的欢乐与歌舞
在清粼粼的海子里投影

第四支赞歌

富饶肥沃的土地
养育擎起云朵的树木
充满纷争的土地
铸造勇敢剽悍的猎手
洋溢野性的土地
生长粗犷和正直

最值得赞美的是它的胸怀
像无边的天空一样辽阔
最值得赞美的是它的性格
像高耸的群山一样坚硬
最值得赞美的是它的眼睛
像清澈的山泉一样透明
看得清奸邪和丑恶
理解正义和真诚

这支军队啊这支军队
高举正义的太阳
摇动正义的大旗
挺起正义的胸脯
宁肯身中刀箭血流满身
也不对自己的兄弟以刀相见

曾经受过欺骗的人民

不会轻易相信好听的语言
所以总是站在高处俯览
使用一切方法去测试
是金光闪闪的黄金白银
还是披着绣花外套的狼

一个行动就是一面旗
一面旗就是一种昭示
正义的事业铸出正义的行动
正义的行动是正义的大旗
它能把一个个民族联系起来
不论在树林里还是悬崖上
扬起各色拥戴的手臂

真诚可以铲除误解
尊重能够消弭仇恨
当火焰融化冰块的时候
激情的泪水流出的是心声
中国的鸡，中国的鸡血
一旦滴进水里就变成了酒
飞扬出一种风俗的佳话
一种含义，一种启迪

我曾面对蓝色宫殿大门上的四个字
研究它每一笔每一画的内蕴
我曾站在山庄外的八座庙前
惊叹它为什么修得如此壮观
啊，民族和民族的关系
其实并不那么复杂
只需要以心换心的真诚

8

时间的刀在高山中劈出大峡谷
大峡谷里，注满无序的风和不羁的水
智慧造出的船和桥
压平风，压平水，牵着悬崖
连起这一边和那一边
延长了人的双脚和双手

当红军到达河边时
船都被拖到了对岸
躺在枪炮的注视之下
滚滚翻卷的浪头，漩涡套着漩涡
呼啸声传得很远，如阵阵雷鸣
发出狂放的挑战
看你们怎么过来
　　　　　　怎么过来呀

木板也已经被全部抽掉
悬空的铁链摇摇晃晃
从这一边扯到那一边
这就是桥，悬空挂在峭壁之间激流之上
桥头边碉堡里伸出的枪口炮口
送来一声声壮胆喝问
看你们怎么过来
　　　　　　怎么过来呀

没有了船也没有了桥
风携着激流奔跑，大声呼喊
后边枪炮声追着，前边横着枪炮声
士兵们看着河水拧紧了眉头
指挥员仰望长天，捏紧十个手指
望远镜里射出焦急的目光
飞快地旋转着大脑和心

水中站起一个幽灵
张开百年前巨大的双臂
来吧，来吧，路只通到这里
我的命运就是你们的命运
你们来了，我将不再孤独
也不再是唯一的失败者
看众多枪炮正从四面向这里集中
你们不可能跳过去

沙滩上布满思索的脚印
村庄里奔走着呼唤的脚印
老艄公的心就是船，浮在水面
茅草屋里举起一个个拳头
灯光下闪动一张张面孔
勇士们的话就是桥，在激流上横铺

夜色中，船向对岸划去
哗哗
　　　哗哗
　　　　　哗哗
压碎激流漩涡和暗礁

当对岸升起明亮的信号
十八个人在水上劈开一条路
细细的，宽宽的，湿湿的

清晨朝霞里，人沿着铁索向前攀登
射来的子弹从两肋擦过
嗖嗖
　　嗖嗖
　　　　嗖嗖
把寒冷的空气烧得滚烫
一条凌空铺展的路通到了对岸
上面蓝天高，下面深流急

走过去了，红军的队伍
从统帅到普通士兵
水上路空中路印满勇士英姿
转回头来看，河水照样奔流
簇簇浪头站立成树林
又是热情挽留，又是盛情欢送
幽灵羞愧地涨红了脸
话语里满是迷惑不解

——我也是雄心勃勃地从远处走来
我也想向着美好的远处走去
没想到这里却成了终点
不甘心的雄魂伴着滔滔风浪
日日夜夜，无边思绪如汹涌的流水
满以为你们就是我永远的同伴
可是你们又要远去

——是的，我们要远去，不能停留

北方烽火正烧红云天

沾血的刺刀和马蹄横行无忌

正践踏城市、村庄和人民

我们要去那里抗击敌寇

保卫中国的大好河山

同一个理想同一个目标

就是打不沉的船，炸不断的桥

——我也有着闪光的目标

才加入那果敢英勇的行列

可一旦建立起天朝，封王授爵

就开始了权力的争夺，相互残杀

血泊中倒下的是往日并肩的兄弟

血泊中出走的是有了封号的我

血泊中淹没的是憧憬和心愿

——那是因为你们的天王

先把目标当成飘扬的旗帜

后把旗帜当成享受的虎皮褥子

争权夺利中被杀掳的是别人

也是他赫赫天王自己

悲剧的创作者不是你

你只不过是悲剧中的一个角色

——噢，是的，你们幸运

你们的领头人是一群智者

所以能化险为夷，绝处逢生

——那你也做个明智者吧

把你的旧部都集合起来
再去做一次抗击敌寇的奔突

——不可能了，有了你们，
我无须再做那样的徒劳

——那你就欢送我们吧
欢送我们现在和未来的胜利

——我欢送你们，欢送你们
不过还得脚下留神

第五支赞歌

我的鼓满长风的激情

抚摸着滚滚流水和水中的暗礁

抚摸着高山陡崖和崖间的铁索

看得见的躯体——血迹

看不见的血迹——躯体

撞击出一团团耀眼的火花

我要说：你们不愧是真正的

勇士

勇士自有勇士的风采

把白发衰老的爹娘留下

把正需爱抚的婴儿留下

把温柔体贴的妻子留下

把脉脉含情的恋人留下

投身于一种坚定的信仰，一种危险的行动

做一次无畏的飞跃

只有到了忘我的境界

才能称得上是勇士

不怕枪弹的射杀

无惧死亡的逼近

倒下去的，得到了永生

闯过去的，获得了英名

一支令世人瞩目的军队

就是由一个个勇士组成
能鼓起所有的任何勇气

哦，走过那条路的人确实值得尊敬
活着的，无论出现在哪里
都是一种荣耀，一种象征
就是那些死去的人，也没有被忘记
坟头年年开满白色的花
还有一座座纪念碑
记下和未记下姓名的，都是功臣

噢，我的父兄们
你们不愧是勇士
站在历史与现实之间
身躯就是一座屹立的高山
连起了前人和后人的界限
铸造一片永远的风景

9

多么庞大的山的家族
它们响亮的名字是
大雪山
　　　夹金山
　　　　　　邛崃山
打鼓山
　　党岭山
　　　　　　横断山
排起长长的队，手拉着手
托举千年万年不化的冰雪
顽强抵抗太阳的炽焰

一座奥秘的奇妙的神山
山下烈日炙烤
山脚草绿花红
山腰黄叶飘飞
山顶寒风凛冽
大自然双手制造的奇迹
让春夏秋冬在同一座山上居住
它们相安无事
　　　　　　互不侵扰

一个个神话包裹着绵延的雪山
一个个传说拔高了可怕的雪山

吓退了鸟兽，也吓退了人
"鸟飞不过去，人烟绝迹
只有神仙才能登越"
这话被传了一代又一代
留下吧，不要去冒险
老乡挽留的话，渗透了真情

可以走的路有很多条
但红军还是选择了这一条
选择这一条自然有这一条的道理
选定的路，再艰难也要走
穿着单衣服，带上红辣椒
前进，同志们！翻过山去
走，不怕冷的小狗，你也跟上来
让我们一起前行

从夏天走进春天
　　　从春天走进秋天
　　　　　从秋天走进冬天
走进冬天就走进了寒冷
凛冽的风伸出千万双手撕扯着单军衣
冰的千万根针刺进肌肤
　饥寒交迫
　　　饥寒交迫

高高的山峰躲在云雾里
罡风扯着六月飞雪漫空狂舞
天很低，挤压驱赶着氧气
"起来，饥寒交迫的奴隶
起来，全世界受苦的人！"

"不要说我们一无所有

我们要做天下的主人！"

是谁唱起这壮怀的歌

把一腔腔热血沸腾了

那只小狗悄悄逃走了

军人拾养的小狗

却没有军人的忠贞耐寒

畏难的，走开就走开了吧，

在任何地方，军人都不退缩

嚼一口红辣椒，喘一口气，

挺起胸脯，继续朝前走

我们是红军

饥寒交迫的人走在饥寒交迫的雪山上

嚓

   嚓

     嚓

       嚓　嚓　嚓

沉重的脚步声传不到远处

就被风雪吞食了

就被寒冷凝冻了

脚踏过冷硬的冰雪

留下晶莹的闪亮的印痕

一边是陡立的高高雪崖

一边是低陷的深深雪谷

中间是厚厚的冰雪

这就是路，人马在上面行走

攀登

　　　　攀登
　　　　　攀登
　　攀
　　登
　　裹脚要用布和棕
　　不紧不松好好包

　　岩石和冰雪冻在一起
　　路和岩石冻在一起
　　在覆雪之下左右弯曲，眼睛分不清
　　如同走在细细的钢丝上
　　时时需要高度警惕
　　不小心摔下雪谷的人，被永远埋葬
　　留不下一句最后的遗言
　　低首致哀的人，也不能停留
　　边走边擦眼睛

　　狂风掀下来的雪崩
　　　　　飞起玉龙三百万
　　　　　　　搅得周天寒彻
　　轰隆隆声音伴着纷纷的雪粒冰块
　　埋葬了坚韧而又疲惫的生命
　　雪中伸出一只冻硬的手
　　举着一块亮闪闪的银圆
　　伙食尾子的银圆
　　留给母亲妻儿的银圆
　　被雕成一个不倒的形象
　　在无边历史的霞光里闪耀

　　啊，高高的千年万年的雪山

披挂皎洁的素雅的白衣
看一眼就寒流飞腾
没走过的人望而生畏
走过的人则格外自豪
"天欲堕，赖以拄其间"
"横空出世，莽昆仑，
阅尽人春色"
有多宽阔的胸怀就有多壮阔的诗

10

走在险途上的女人
已经不再是女人
头发剪得很短，有的还剃成了光头
绑腿打得很高，腰带扎得很紧
人多的地方也敢开玩笑
走路
　　爬山
　　　　过河
　　　　　　冲杀
和男人们没有什么两样

走在险途上的女人
仍然还是女人
丰满突出的胸脯
细细弯曲的眉毛
下巴上长不出胡子
说起话走起路做起事
总是透出一种娟秀
多一份苗条和温柔

战争，没有能够让女人们走开
战争也离不开她们
她们义无反顾地走进了战争
尽管有的已做了妻子，当了母亲

有的则是未成年的少女
穿起宽大褴褛的戎装
和男人一样流血一样牺牲
　　　　一样纵横驰奔

都正是如花的年龄
美丽梦幻所绘制的彩色画图
全部投进了枪林弹雨之中
是她们自己走进这个行列的
为了逃离童养媳的噩运
为了摆脱丈夫的打骂
或者是追着丈夫的身影
把自己放到了战争的铁砧上

浩浩荡荡的队列里走着她们
漫长的险途上走着她们
妇好、花木兰、梁红玉、王聪儿、
冯婉贞、洪宣娇、林黑儿
美丽了一个威武的军阵
描绘出一片好看景色
因而她们拥有了一个共同的名字
女军人

尽管女人们走进了战争
可战争并不照顾女人
把给予男人的一切也给予了她们
子弹射来，要快迅躲闪
发起冲锋，要呼喊前进
遇到河水，要武装泅过
面对高山，要奋力登攀

连丈夫也不能代替

每月一次的麻烦制造磨难
更是一道不得不逾越的关口
在她们蹚过的河水中
常划出团团鲜红的血痕
雪山上草地上殷红的血在蠕动
而脸上是苍白是蜡黄颜色
是难言的痛苦

还有挺着大肚子的女人
身子蠢笨，双腿打战
肚子里小生命的阵阵踢打
在眉宇间聚起喜悦和担忧
旷野的风
山间的风
河面的风
一点也不怜悯女性

           哇
         哇
      哇
   哇
哇
野地里传出婴儿的哭声
微弱而又冷硬
男人一阵阵心跳
女人们泪眼迷蒙
孩子，孩子，孩子，
不懂得选择来到人世的时间和地点

雨衣碎布搭成的产房
挡住了水却挡不住风
母性慈爱拧出的泪水
滴在鲜嫩的脸蛋上
渍出美丽的痕印
如初绽的花朵一样鲜丽
流溢出的是苦涩的芳香

于是，溪流旁出现了钓翁
简陋的渔竿伸进水里
烟斗边的胡子不住颤抖
目光里游动焦急和难耐
鱼儿上钩了，鱼儿进篓了
水淋淋的跃动很好看

喝过无盐的新鲜鱼汤继续往前走
丈夫指挥部队去了
她一手抱孩子，一手拄木棍
怀里的蠕动牵着敏感的神经
裤腿上血水干了，又硬又凉
眉头上结的疙瘩解开了
心里却又多一份沉重

第六支赞歌

眼前又铺展开那条险途

险途上走过千军万马

千军万马中有一群昂扬女性

那些少女们

那些妻子们

那些母亲们

美丽而独特的风景林

当我深入那一片风景林

看不到绿树看不到鲜花

看不到林荫下的画廊长椅

看不到卿卿我我的亲密

到处是汗水是鲜血是尸骨堆起的

                 纪念碑

耸立在蓝天与大地之间

雕塑出庄严高贵的女神

有冲向敌阵的姿势

有攀登高山的脊背

有泅渡江河的身影

有炮火之下的包扎伤口

有十字路口的引吭高歌

有风雨山坡的鼓动口号

战士的勇猛和女性的柔情
留下一路生命和灿烂

我看到十八岁的少女倒下了
子弹射落美丽的鲜花
嫩嫩的嘴唇如一片枯干的菜叶
我看到二十岁的妻子被绑在马背上
疟疾折磨得她头发蓬乱，骨瘦如柴
恍惚的双眼里金星乱飞
我看到二十二岁的母亲躺在血泊里
举起她出生不久的孩子
嘱托的泪水挂满双腮
我看到未成年的女孩在风雨里跋涉
伤口的血，雨水洗不净

啊！在黑夜里她们也不是月亮
而是太阳，光焰万丈的太阳
和那些同样是太阳的男人携起手
抗争着，为了一个未来
走过一道道险山一条条恶水
一段铭心刻骨的路程
而那些中途散失的女人
又多了一份苦难和辛酸

她们后来都被尊为大姐
当我面对着一个过来的大姐
看她雪白双鬓上的笑纹
她布满老年斑的手抚摸小孙女
心头禁不住感慨丛生

"从那条路走过来的姐妹们
是值得骄傲的女人！"
小孙女睁大稚嫩的双眼
她不懂得奶奶话中的意思

11

八月的草地是一块滚动的魔毯
迅速卷走了紫色
   黄色
   蓝色
   白色
凋谢的枯草举几朵寂寞残花
没有牛群，没有羊群，没有牧人帐篷
一望无际的荒凉空旷
红军走进这里就走进莫测的神秘
就走进死亡之地

泥的沼泽
  泥的深潭
    泥的沟汊
和枯草残花一起组成茫茫泽国
在阳光下闪烁明灭
腐臭的气味有毒的气味
像打开的潘多拉盒子
放飞着看不见的魔鬼

身上套着硬硬的生羊皮，薄薄的单军衣
包里装着青稞或用它磨的面
脚上的草鞋踩得水和草
吐出"吱吱——吱吱"

的响声

一个接一个的草墩

像摆放着一块一块踏板

粗的细的各色木棍

支撑着瘦弱的身躯

走在泥泞里，必须小心谨慎

人踏进泥潭就慢慢下沉

下沉

最后只留下一顶缀着五角星的帽子

马踩进泥潭迅速被淹没

遗不下一点痕迹

眼睁睁看着的人们

却不能前去营救，一接近就会陷进去

悲愤的悲痛的悲哀的呼叫

得不到一声回应

烈日撒播下灼灼火焰

蒸腾一股股腐臭，弥漫在空气中

钻进鼻子和喉管里

毒汁叮着皮肤和伤口

拱起片片溃烂与红肿

制造无法疗治的疾病

夺去疲惫而顽强的

生命

天空时时变换脸色

乌云携狂风暴雨而来

掠走毒花花的日头

撒落白花花亮晶晶的冰雹

打在身上脸上手上
凛冽的冷风和雪花
编织着悲痛的
　　　　图画

青稞面吃完了吃野菜
野菜吃完了吃草根
草根吃完了吃皮带
幽蓝的火堆上悬着搪瓷缸
煮熟的野草是最好的营养品
有限的野草填不满胃囊
指挥千军万马的人
亲自采集野菜，办起野菜展览

一碗稀粥送给了婴儿
一根皮带截成了数段
一件小背心送给怀孕的姐妹
一曲歌声送给亲兄弟
行
　　　　行
　　　　　　　行
　　　　　　　草地中大家一起行进
不怕困难，奋勇向前进
时刻准备打敌骑兵

敌人骑兵冲过来了
要杀尽走在困境中的红军
拖着饥饿疲劳的身体端起枪
眼睛和心依然明亮
敌人的骑兵不可怕

沉着并肩来打它
目标越大越好打
排子枪快枪一齐打
我们打垮它，我们消灭它，
杀
杀
杀

有马骑的人却不骑马
马已让给了伤员
　　　　　　病员
　　　　　　　　妇女
　　　　　　　　　　孩子
自己也拄着细细的木棍
一步一步踩踏泥泞
背上的竹笠左右摇动
跟在他们身后的队列
把竹笠当成路标

剩下的马是幸运的
尽管背上的驮负很沉重
因为它的众多兄弟姐妹
都变成了解饥的粮食
有的正在人的肚子里蠕动
有的已经化成了泥土

黑沉沉的夜里生起篝火
化不尽满地冰霜
雪落草地静无声
火烤胸前暖，风吹背后寒

围着火却不能入睡
篝火旁有人讲起历史故事
驱散难以成眠的梦
把天空擦得很蓝很亮

那一班睡熟了的人
铺着湿漉漉的地盖着瓦蓝蓝的天
梦里见到了慈祥的父母
也许还有美丽善良的妻子
睡得太熟了，睡得太沉了
集合的号声也不能唤醒
永远醒不过来的他们
在瘴气里终止了年轻的生命
木棍上面的名字是纪念碑
下令立碑的人后来成了将军
每说起当时情景总涕泪涌流
把后人的眼睛打湿

走出草地的人们
再回头张望的时候
总有说不出的自豪
有许多话可以告诉后代
可说得却很少很少

12

他们本来不应该在这里
小小年纪就跋山涉水
品尝风吹雨打，忍饥挨饿
呼吸浓浓的炸药硝烟
他们应该在学校在幼儿园
面对着油漆黑板和精制的课本
让阿姨牵着细嫩的小手
在花径和树荫下追逐嬉戏

而战争伸出无情的大手
将他们抛进这苦难风流的行列
使幼稚的眼睛和心灵
过早地认识了风暴雪山和泥泞
以及鲜红的血和僵硬的尸体
还有数不清的艰苦磨难
是不得不吃进肚子里的粮食

自从告别了贫穷的父母
扛起梭镖长矛和枪炮
无忧无虑的童年少年便融进了战火
誓师出征，擦亮刀枪
子弹上膛，瞄准敌人
歌声里激荡他们的意志和决心
撒遍了漫漫险途

而战争并不在意他们的年龄
脚下道路坎坷
头上飞机扫射
耳旁枪声炮声炸响
行军
　　　站岗
　　　　　放哨
　　　　　　　打仗
肩头上放着和大人一样沉重的责任
一样多的艰难困苦

露营夜常在梦中见到父母
可梦总是很短，集合号很急很响
催得来不及说一句话又重新上路
梦中的尿吓退了敌人
此时的裤子却又湿又凉
溃痛红肿的伤口和不愿离开的梦
眼没有睁开，梦在继续
他学会了一边走路一边睡觉
手牵着前边人的衣襟

薄薄的胸膛被子弹洞穿
鲜血开放美丽的花朵
点缀着洗白了的灰色军衣
趔趔趄趄的身躯摇摇晃晃倒下
很重的响声没有引起惊异
闭不上的眼睛仍然还亮着
注视走过的人群
手里紧紧攥着一颗五角红星

刺进肉里渗出红红的血

皲裂的手被父亲牵着
一脚高一脚低地磕磕绊绊前行
虽然辨不清道路和方向
可曾经惊恐的目光已不再惊恐
脚板上的血泡化了脓
还是一拐一瘸地走啊走
父亲转过脸怜爱地看一眼
吃力地把儿子驮上脊背
伏在瘦弱的宽大的背上
眼前走来了被杀的母亲、哥哥、妹妹

蜷缩在母亲温暖的怀抱中
美丽的大眼睛是两颗星星
只是不懂得母亲焦虑的嘴角上
硬挤出的苦涩笑容
出生两个月就上路了
襁褓内的她也被称为
　　　　　　　　　　　战士
完整地走过了那一条险路

来到人世间的第一声啼哭
又增添了爸爸的愁苦
妻子、儿子，是他的又一项任务
细嫩的野菜端给妻子
背篼里装着小小的儿子
沐着雨雪，顶着寒风
后来儿子也成为军人
有了妻子和女儿

能体会到男子汉的艰辛
做丈夫做父亲的责任
从父母深情的回忆里
一次次看到欣喜后怕的一幕

老大姐和小孙女在下跳棋
两张脸上有不同表情
白发下的脸庞布满沉思
苹果似的脸庞开满鲜花
对面的大屏幕彩电正播放卡通
孙悟空挥舞金箍棒走在取经路上
看着看着她停下了手，
微笑看孙女，眼眶盈满泪水

第七支赞歌

此刻，抹去他们鬓发上的霜雪
一次又一次减去他们的年龄
于是他们又成为孩子
走在险途上的孩子
闯烽火历艰难的孩子
我怎能不弯下我的腰
向他们致敬，再一次向他们致敬

是不应该有的年月
是不应该有的苦难
人比枪低的少年
瘦弱的双脚双手
旷野里幼小的生命
竟如此的顽强坚韧
过多的风雨吹得他们早熟
过多的苦难铸造了精彩人生

是谁说，自古英雄出少年
患难是最有营养的饮料
稚嫩的筋骨和大脑
经过漫长多艰的险途
变得强壮而丰满
映着阳光铮铮作响
啊，没有童年的少年

啊，没有少年的英雄

那是一个没有卡通的年代
那是一个不生长牛奶的岁月
没有喷香的鲜花和动听的摇篮曲
鼓胀着理想的歌谣
不绵软也不温柔，硬硬的烫烫的
寒冷的风飘来雪霰
发烫的冒烟的弹壳
是奇妙特有的玩具

从那条路走过来的大人被称为英雄
从那条路走过来的孩子也是英雄
已经当了爷爷和奶奶
但他们有些硬化的血管里
还流淌着高山的融雪大河的水
泽国的草根和泥泞
过去，是一棵葱郁的藤萝
一段不灭的回忆
萦绕在他们心头和眼前

我惋惜没有走过来的孩子
小小的尸体掩埋进草丛
没有发育完全的肌肉骨骼
抛撒在动荡的时代
汩汩泪水修筑的坟墓
该长出怎样美丽的花草
当抚摸那些美丽花草的时候
一定还能触摸到那小小的身躯

还要说什么，还能说什么
对于一次伟大的壮举
任何语言都是苍白的树叶
在一部闪光的史诗上
没有写清他们的姓名
却有着他们不可或缺的位置
抹不掉，也不能替代

13

是有了泥泞才有争论
是有了争论才有泥泞
然而发生在泥泞里的激烈争论
是那么强烈地撼人心魄
没有因时间流逝而流逝
尽管已写进了历史的册页
任人无休无止地评说

当喜悦的欢呼穿透倾盆大雨
喷香的饭菜
　　　　　浓烈的白酒
　　　　　　　　各色的礼品
把人们的心连接了起来
互相拥抱、跳跃、欢呼
诉说来路的艰难和去路的决心
晚会上不同声调的山歌
唱出共同的向往、欢悦和信仰
激荡高山草原，映亮日光
　　　　　　　　月光

可当握手互问之后
欢乐就罩上了不祥的阴影
如发酵的面团一样悄悄膨胀
辣椒的含意，水的比喻

有的人却不喜欢听
灯光下的彻夜长谈
把猜测变成了猜疑
看透了他的为人，懂得了他的心肠

一个英勇善战，不畏艰难
一个腹有良谋，运筹帷幄
却不能倾注到一个目标上
不同的心思，不同的主张
传递着不同的目光和语言
目光和语言都无法隐瞒
在泥泞草地里飞快地传播

窄窄河口的声音针锋相对
一个说北上，一个说南下
各自的道理和根据都很充分
这时的决定和战役计划
虽然详尽和可靠
却都是写在纸上的设想
成不了真正的胜利事实

飘飘的芦花摇摆不定
迷乱着望过来的一双双眼睛
追逐那个小小的房间
一个职务没有把分歧弥合
莫名其妙的分兵失掉了战机
总指挥部的调换兵将
使阴影更深更浓

山丘环抱的沙窝里聚集精英们

有的伤口未愈，有的身染重病
婉转的话终于说出心中所想
嗅出了踪迹，找到了猎物
擅长于各种计策和谋略的人
低垂下眼睛，盯视着地面
心里做着暗中的打算

八月的阳光照着毛尔盖
木楼的四壁在静静倾听
谨慎选择的行军路线指向北方
计划改变了，部署改变了
急速向着岷州、洮河挥兵
当这一切变为行动时
并没有把人心统一

印江又走出了一支人马
大别山的子弟占领了隆德城
可草地上的争论又由明转暗
仍然长久在泥泞里徘徊
最后还是在茫茫泥泞中各奔南北
阴云携着雷雨在天空漫游
酝酿着一场雷霆风暴

那是怎样漆黑的深夜哟
合并了的人马又分成两半
一半悄悄向北，一半举旗向南
夜风冰凉，星月迷乱
奔走与追赶的脚步声
都是撒在泥泞里的火药
严肃的目光相对，沉默的刀枪相对

人和枪都十分机警
手握电话机的人说出一句话
消弭了一粒火星

"一生中最黑暗的时刻"
"争争吵吵并无关系"
最黑暗时刻的争论扭转着命运
或者在泥泞里越陷越深
或者在泥泞里立了大功
争论的火药终于没有燃成烈焰
烧毁旗帜的美丽和刚劲

北上的北上了
突破了新的一道道艰险
夺取关口，涉过姜太公钓鱼的河水
打了一个胜仗作奠基礼
在黄土高原安下营寨
红军不怕远征难
天高云淡，望断南飞雁
凝望长空引发即兴吟哦

南下的南下了
又有了新的会合新的争论
在一座喇嘛寺内
气氛紧张，怒目相向
争论拉开强弓，仍然不相让
度量大如海意志坚如钢的人
　　　　　　　　端坐微笑
争夺权力的人心里
　　　　　　　　惴惴不安

看着有的人慷慨陈述
事实比语言更有说服力
让仇者快慰，给自己造出耻辱
没有改变潮水的流向

14

倒下去和站起来
都是一面飘飘扬扬的旗帜
旗帜上面写着四个大字
中
华
民
族
年老而又年轻多福而又多难的母亲
呼唤她众多的男儿女儿

跨海而来的枪弹炮弹
在柳条湖畔炸裂响声
惊醒了九百六十万平方公里大地
太阳旗遮暗了中国的太阳
暗淡了红花绿草、丽山秀水
滴血的马蹄和刺刀
嗒嗒
    嗒嗒
       嚓嚓
          嚓嚓
日夜响在眼前、脑海、心头

有怒吼腾起，有眼睛瞪起
一支歌如火山喷涌而出

我的家在松花江上
唱出的泪水烧成火焰
起来，不愿做奴隶的人们
把我们的血肉筑成我们新的长城
唱出了激情卷起了力量
火焰和波涛汇成的狂飙
在天地之间汹涌澎湃

哭泣的北方，受难的北方
站在古老长城烽火台上
挥动熏得乌黑的手臂
抛洒染得血红的泪水
来吧，来吧，我的儿女们
来解除我的苦难
来挽救我的灭亡
我的灭亡，就是你们的耻辱

这就是大旗啊，高高飘扬的大旗
发出的每一个声音都是号角
呼唤爱国志爱国心爱国情
风雨中，它是鲜红的太阳
暗夜里，它是明亮的灯塔
永远不会熄灭的光芒
编织理想、智慧和骁勇
把所有的人心聚集起来
把所有的力量聚集起来

泥泞中茫然张望北方
听到了哭声和喊声
感到了大旗的吸引力

不想靠近也得步步向它走近
正义的旗帜不能阻挡
如同在那智谋的棋盘上
一个棋子已经输掉了一局

当另一支兵马到来的时候
木楼里的争论便开始明朗
缕缕烟雾从木格窗棂飞出
融入茫茫的雪山草原
在人们的心里生根发芽
没有走通的路是最大的难堪
事实比语言的打击更大

是一个武力上演主角的年代
当刀枪向着大旗靠拢时
便是不可改变的方向
谁的意志也无法扭转
因此脚尖和马蹄又朝向了北方
握手时的笑容和亲热
驱不散心中冷硬的冰块

违心地向旗帜走去
心里想的却是另一个打算
野草在泥泞里发芽
争论并没有结束
只是被鲜红的大旗掩盖
后来的路和长长的回忆录
都是改变不了的证据

又踏进泥泞的草滩

又迎向莫测的风雨
在火红大旗下行进，向长城行进
刀枪指着同一个目标
脚步踩着密集的相同鼓点
如火的太阳，如镜的天空
辉辉煌煌的光芒闪耀四射

举起来，高高举起来
呼啦啦的大旗在飘扬
千江万河跑步与它会合
从艰难起步，以胜利结束
结束即是新的开始
新的开始又有新的故事

第八支赞歌

我又想起那双古老的筷子
永远像绿叶一样生机勃发
它长成的树在我眼前摇动
高高的树干繁茂的枝条
支撑起浩瀚无垠的长天
有各色的鸟前来筑巢，繁衍后代
哺育不灭的向往，强壮的生命

我又流淌热泪唱起那支歌
团结就是力量
这力量是铁，这力量是钢
最先唱起这支歌的人
便把所有的手指捏成了拳头
凝聚为不倒的阵容
金戈铁马驰骋，气吞万里奔突

茫茫泥泞沼泽里的故事
生长在半个多世纪之前
当我为它唱起赞歌的时候
风云已经飘得很远很远
可我的心还是禁不住颤抖
权欲膨胀的长剑
最终折断于长剑

理智的忍让不是无能
狂妄的大喊不是有理
无言的沉默是一种力量
有声的发问是一种阻滞
我欣赏端坐听骂的微笑
那手拿电话机的姿势很美
敌得过千军万马的壮观

用正义的旗帜召唤人心吧
不能战胜的人心是胜利之根
用大旗凝聚人心
用行动凝聚人心
人心的指向决定胜败
是永远不会变色的箴言
与日月星辰一起高悬

可能出现的灾祸消弭了
是力量的对比，是旗帜的对比
共同方向之下的精诚所至
把泥泞险途走成宽阔坦途
是精美的艺术
是高妙的技巧

虽然团结没能永久
可我还是想起古老的筷子
唱响团结就是力量的歌
我饱含泪水的双眼里
有一面大旗迎风飘扬
有勇敢的鹰群快速飞过
撩动着我的目光

15

这是一块宽广雄伟的高原
这是一片神奇壮丽的土地
走过千难万险的各路红军
风尘仆仆地在这里会合
闪耀座座高山的身影
飞溅条条江河的浪花
都走到这里，站到了一起
抖擞威武昂奋的雄姿

握手的泪水泼湿了斜阳
来自不同方向的人马
在同一面旗帜下昂首挺胸
一张张疲惫欢悦的面孔
激荡清爽活泼的微风
到家了！
　　　　到家了！
　　　　　　到家了！
此刻，所有来路上的艰难困苦
都化作了相逢的欢欣

粗野的冷风无拘无束
黄色的尘土来回扑打
尽情地涂抹着褴褛的军衣
卷动一面面红色大旗

整齐列队的将士心潮翻滚
手中的枪却非常冷静
等待着一次盛大的庆典

新搭起的粗糙土台上
站立着赳赳的指挥员
像一棵棵经风经雨的树
他们肩并着肩，双腿紧绷
在霭霭的暮色里，和台下
组成一片莽莽树林
壮丽了天空和大地

粗重的声音响起来
讲话人打着各种手势
四川话，湖南话，湖北话，安徽话，山西话
汇成雄浑的交响乐曲
看不见的带响音符振动翎羽
轻叩着一副副起伏的胸膛
发出巨大无声的回响
触着黄土，触着蓝天

听清又没听清那些话的深意
但记住了那一个个手势
有的捏成拳头，有的快速挥动
有的张开五指，有的慢慢举起
虽然都是习惯性动作
可都是此时心境的写照
不是表白的表白
让人看得很清楚

掌声很热烈，泪水盈满眶

从九死一生路上走过来的人

站在这养育中华民族的黄土地上

挺起宽阔的胸脯

如同岩石的雕像

睁大明亮的眼睛

好像灿灿的灯塔

激动得高原风铮铮有声

"看，战胜了一切，

听，震动了全国，

英勇弟兄们，伟大的会合"

歌声与掌声相互拥抱

无边的嘹亮的春雷

在黄土高原上隆隆滚动

温润的彩色的春雨

滋润了久旱的干涸的黄土

座座窑洞敞开木格门窗

颗颗红枣闪动珍珠玛瑙

条条白羊肚手巾洁白如雪

杆杆大旗迎风欢快招展

流金的秋风，流蜜的笑脸

送别一个雄壮的尾声

揭开一个新的序幕

"同志们，携手前进吧！"

既然走到了这里

这里就是又一个起点

谁还沉溺于过去的曲折和苦难

迅速出发吧，再往前走
苦难等待着刀枪的光芒
战火呼喊意志和勇气

锋利的箭离开了弓弦
向北向南向东向西
马蹄嗒嗒如雷电闪闪
脚步匆匆像疾风奔走
去干柴上撒播点点火星
去掀动万里汹涌狂涛
为了中国的不灭亡而战
骊山脚下的枪声打响
一场持久的胜利

第九支赞歌

啊，黄土地，黄土地
野性的黄土地
文明的黄土地
厚实的黄土地
坦荡的黄土地
多情的黄土地
淳朴的黄土地

纵横交错的沟崖哟
是大脑转动的沟回
思想的翅膀扇动古老之风
智慧的烟尘纷纷扬扬
从远古就已经开始了
旋转起文明的车轮
飞速地缓慢地行进着
碾出隐隐的清晰的雷声

森森柏树，闪耀轩辕黄帝的身影
浩浩壶口，传扬治水大禹的智慧
苍茫云烟，隐现秦皇汉武的驿道
大野长天，飞跃唐宗宋祖的马蹄
茅屋草棚，奏响花木兰的机杼
还有半坡遗址，骊山温汤
还有李自成、张献忠的义旗

铸造一个民族的钢筋铁骨

贫瘠而富有的广阔大地
可以让战马撒开四蹄驰骋
稀少的绿荫，稠稠的窑洞
能够让人们养精蓄锐
金灿灿的小米和高粱
能够养壮疲弱的兵将
哦，紧紧和黄土地贴在一起
就会是无敌的安泰

无边的黄土，寥廓的蓝天
黄土蓝天之间是我的家园
我们的祖先，我们的父母
生在这里长在这里
日出而作，日落而息
奔腾的黄河是浓浓的乳汁
喂养着一代代猛男勇女

当我从千米高空俯瞰这块沃土
它又是那么平坦温柔
是母亲宽阔的胸膛
是父亲有力的脊背
黄河缓缓流向东方，流向大海
水面响起船夫的号子
嗨哟
　　　　嗨哟
　　　　　　嗨哟

在厚厚的黄土地上站稳脚跟

那么平稳那么踏实
拌和着水的黄土凝固起来
是那么强劲那么坚硬
粗犷好听的信天游
增添了新韵，向四面八方
飞翔
　　　飞翔
　　　　飞翔

16

宽大的客厅里显得很拥挤
靠窗的写字台落满阳光
柔软的沙发蹲在墙根
墙壁上挂着他自己写的条幅
离休之后才有时间练书法
红军不怕远征难
万水千山只等闲
遒劲有力，粗犷隐秀
《雪山飞兵》的画很有气势

他坐在一张硬木椅子上
洗旧的军装没有缀军衔
那颜色映着鬓发，更显得他已苍老
我恭恭敬敬地喊一声："将军！"
然后伸出双手递上名片
将军目光透过老花镜审视一会儿
才伸出手有力地一握，请我坐下
坐下的我缓慢说着自己的来意

诗人：
我刚刚走了一趟长征路
当然坐的是飞机、火车、汽车
两只眼睛代替了两条腿
还是能想象到当年的壮举

是多么可歌可泣，永远难忘
不愧"英勇斗争模范"的评价
令我久久感叹不止

将军：
毕竟时间过去得太久了
已经半个多世纪，二万多个日夜
在漫长的历史长河中
它是从来没有过的短暂一瞬
一次艰苦的转移
一次伟大的远征
一次曲折的险途

诗人：
曾经发生过的事情
就是钢浇铁铸，斧子也砍不掉
何况它是宣言书、宣传队、播种机
"是中国革命的奇异诗篇"
坚定的无畏丰碑，永远流传于世
尽管您是一位大树将军
也不可能不理睬它的光辉
还有您建立的功绩

将军：
砍不掉的是一次群体的光辉
映照的是所有成员的功勋
与天斗，与地斗，与人斗
走出了险途上的辉煌
不过开始和后来我们都并不情愿
抛家弃舍，为了生而走向死

又从死而走向生
做一次前无古人的武装大宣传
用那么多的艰难困苦作材料
用那么多的流血牺牲作经费

诗人：

"置之死地而后生"
原谅我班门弄斧，使用军事术语
正像把一个人放到孤零零的海岛上
他便会千方百计造出一条船
当没有了出路的时候
希望就是去冒险拼命
那一次险途上的远征
是否也可以做这样的比喻

将军：

岂止是那一次艰难的远征
所有的事业都是地狱之门
我这一生说过的军事术语太多
是它催老了我的年龄
所以宁愿把它比作是一幅画一首诗
为了那一幅画那一首诗
仅我就用了三个脚趾两个手指
有时我也诅咒那山那河那雪山那草地
总是处处与我们作对
不过和那些长眠在险途上的人相比
我又是一个幸存者，死人堆里的残渣余孽

诗人：

你也是一个幸运者，一位福将

赶上了走那一段险路的年代

这样的机缘并不是人人都能遇到

你遇到了是一种缘分，一种福气

只有走过险途的人才算强者

强者会受到后人的尊敬

好像经过千淘万漉的金子

才会不怕烈火焚烧

将军：

是的，困难总是磨刀石

艰苦是一座大熔炉

长征好像一座唯一的军校

十个元帅中的九位

十个大将中的八位

五十七个上将中的四十八位

一百七十七个中将中的一百五十七位

都走过那段远征路

还有更多的少将

也是从长征这所军校里毕业

能毕业就是优异

诗人：

没有长征也会有将帅

有将帅就不怕再进行长征

将军：

不会再有长征了，当然还会有险途

但不会再有那样的远征

如果有，则是另一种意义的

诗人：
因为只有这么一次
所以要记住它

将军：
要记住的不仅仅是荣耀
而是千辛万苦的险途
更是一种从来没有的精神

诗人：
还有从险途上走过来的前辈

将军：
险途上闪射出来的光芒

诗人：
是的，我们不会忘却
记住了它！记住了它

将军：
永远记住，不但我和你
还有我们的子孙万代

诗人：
作为一个后代，我要说
我们一定会这样

星辉闪烁

旗帜

那时的路上长满荆棘
天空摇落冷硬的风雨
迷茫中曾晃动多少旗帜
如同密密树叶纷纷花瓣
闪烁各姿各态的眉眼
诱惑我们沉重的双脚
茫然的目光和复杂的心思

恰在这时你走了出来
火焰一样明丽的颜色
以及闪烁诱人的亲切标志
让我们顿觉温暖和亲昵
于是我们便毅然地选择了你
迈开急切的脚步奔向了你
像舟船选择流水一样自然
像流水选择舟船一样合理

尽管残酷的刀剑砍向你
但我们做出了选择就不犹豫
即使献出鲜血头颅和生命
也心甘情愿在所不惜
因为认准了只有你才是我们
花一样的希望，果一样的利益

从此我们就紧紧追随你
同时也高高地擎举着你
因此你和我们完全融为一体
骨肉相连血脉相通
你的方向就是我们的方向
我们的方向就是你的方向
你是我们可以信赖的前导
我们是你永不衰竭的动力
你是我们完全放心的依靠
我们是你牢固不移的基石
乌云卷来，你和我们一同穿过
道路崎岖，我们没有与你分离

太多太多的雷霆闪电
没能把你巍峨的身躯击倒
太多太多的狂风暴雨
没有把我们真诚的目光打湿
你总是在我们火热的视线内
我们总是在你齐聚的队列里

行进路上还会丛生荆棘
天空还将摇落冷硬风雨
我们追随你一路走来
还将追随你一路前去
你如火的颜色没有改变
熟悉亲昵的标志清晰如初
你仍然是我们的唯一

这座石库门的秘密

每座石库门都有自己的故事
每个故事都有自己的秘密

就是这座石库门，在那个漆黑的
夜晚，窗帘拉严，木门关得紧紧
十三个要改天换地的中国人
灯光下时而低声交谈，时而激昂争执
面前的纸上写了什么，不为人知

凡是后来读到它的人，
心便被她凝集成刀枪

都说秘密一旦公开就失去诱惑
可是一个世纪过去了
这座石库门却越来越有魅力

船歌

1

深情的湖水拥托起一条船
轻轻划起桨，慢慢张开篷
溅起明亮水花，逐浪向前
船上兴奋机警的勇敢者
用茶杯和欢声笑语遮掩
悄悄开始了一个伟大航程
高龄的烟雨楼祝福
盛开的红莲花致意
这船终于驶出港湾
进入浩渺的大海

2

时时与风暴做庄严的抗击
用手用脚，更用胆识和毅力
一次次被大浪掀翻掩埋
又一次次跃起，从没屈服
既然是选择的使命
那就以身体为旗帜
以热血生命为砥砺
把美好向往变成迷人的风景

3

无边风暴扇动无边浪头
凶恶狼群一样追绕四周
船上所有的目光聚焦一处
从每个水手到睿智的船长
愿景是闪光的航标
同心是无敌的桅樯
朝着认定方向，继续起航

4

因为是船，就
航行在无边无垠的大海上
因为有舵，就
不惧怕排空裂石的风浪
航途漫漫，一支支谣曲
一声声号子，一代代接着传唱
唱老了岁月唱老了天地
唱不老的是壮丽的双桨
太阳在前，鲜花流彩
蓝天，把宣言高扬

先驱者

不能让历史在哭声中徘徊
不能让花蕾在等待中枯死
不能让幼芽在翘盼中萎缩
不能让道路在泥泞中盘绕
不能让车轮在前进中停滞

如同迎风点火
一个个觉醒者站出来了
站出来了，先驱者们

高举闪光的利剑
砍倒层层荆棘离离荒草
取来熊熊炽烈的火
烧出沃土烧出道路
播下点点光明的种子
长出青翠的绿色
绿色是春天是希望
是呼唤未来的歌

呵，我们的先驱者们
从没有路的地方
迎着风迎着雨艰难地
　　　　　把路开拓
在弹雨里在刺刀前

有人倒下了，倒下了
化作灿灿的化作明灯
照亮了千万双眼睛
沸腾了千万腔热血
校正千万双脚步

时代需要先驱者
民族呼唤先驱者
呵，有先驱者在，道路
永远不会中断，人心
永远不会浑噩

大姐

——致一位红军女战士

让我拉住你
洗白了边的后襟吧，大姐！
仰视你微驼的脊背，
辨识那过去了的年月；
不仅是敬仰一座纪念碑，
不仅是聆听一支不朽的歌。
我问高峰，问深谷，问激流，
还保存多少笑语，多少鲜血？
飘动篝火旁飞升的星，
为什么寒风冷雨里
虽有时暗淡，但没有熄灭？
曲折中的光荣呵！
光荣中的曲折！

我敢说，历史不是卫星，
总循着原来轨道运行。
但我相信，只要往前走。
就一定会遇到坎坷。

呵！让我拉住你
洗白了边的后襟吧，大姐！
在我身后，又有拉住

我后襟的后来者。
假如有一天你倒下了，
我不会永远伏地哭泣；
假如有一天我也倒下了，
路，依旧不会就此终结！

走过战争的女杰们

1

挣脱缠绕的羁绊
如画如梦的向往，把你们少女的
目光，牵向很高很远很高很远
憧憬的心被吸引了
青春的血被潮涨了
你们便勇敢地踏上了这条路

推开千百年沉重的因袭
迎着世俗讥笑的冷风
你遍体伤痕的童养媳们
你娇生惯养的阔小姐们
你打扮入时的女学生们
毅然告别了熟悉的所在
没有犹豫，毫不胆怯地
以不同的心态进入同一种姿势

你们倩丽的身影和笑脸
大写一片美丽耀目的风景
双手攥紧铮铮作响的岩石
心海涨满萌动的激情
乌亮的秀发如同旗帜高扬

2

自从走进战争，你们就在
崎岖之路上向前走啊走啊
远处天低云暗，雷电飞迸
疾风暴雨在前后左右猛扑
刀光剑影和枪声炮声交织
搅动累累尸骨和殷殷鲜血
向你们龇露狰狞尖利的獠牙

你们在层层密布的凶险里
用手中刀枪和心海激情
撞击出一粒粒明亮火星
和男人们一起，推动
时间的车轮飞速向前

山间丛林荆棘记得
寒冬冰河急流记得
天上炎炎烈日记得
地上猎猎风雪记得
一次次硝烟炮火记得
你们怎样左冲右突，怎样呼啸冲击
用生命、鲜血和汗水
谱写气吞山河的嘹亮壮歌

3

毕竟是女性啊，无论多么险恶
在你们铁马金戈、英姿勃发的内心
也有着一片柔情天空

渴望与异性牵手前行
找不到花前月下的公园
找不到灯光霓虹的长街
你们就把花苞一般的初恋
交给了仓促的约定，交给了
特殊年月里异性特殊的追求

当婴儿如歌的啼哭，报告
风雨中爱情结出的果实
做了母亲的你们啊，多想
牵起儿女鲜嫩的小手
依傍丈夫在绿荫花影里漫步
看蜂蝶翩翩飞舞，无拘无束地
嬉闹，把从父母嘴里听来的故事
再一遍遍讲给自己的孩子

可是却不能，刀枪不允许
你们释放全部的母爱
你们只得把可爱的儿女们
或者托付别人，或者忍痛抛弃
最幸运的孩子也只能与父母一起
在血与火中经受残酷洗礼
战争，已把你们一腔母爱
打磨得比钢铁还坚硬

4

布满血火的路上，走过
你们一队队英姿飒爽的女人
有人中途倒下了，用最后一声

呼喊，为你们的所恨高唱挽歌
为你们的所爱深情祝福
然后无悔地躺进深深的墓穴
接受后人的敬意和鲜花

踏过战争走到今天的女人
银发雪鬓下的炯炯双目，流淌
温情，慈祥地抚摸着第三代、第四代
而凝眉回忆时，才显露
当年的英武、豪气和威严
不论何处燃烧的战火
都能睁大你们的眼睛，沸腾
你们衰老的血液和神经

英雄挽歌

1

你深情地拥吻这片土地
这片生你养你的土地
两万多个日日夜夜过去了
依然二十九岁的你
年轻的脸紧紧偎在她的胸脯
有力的手轻轻抓住她的衣襟

而她，更深情地搂抱着你
颤抖地抚摸你始终沾满泥污的
黑发，灰布军衣上密密麻麻的弹洞
凝视你平静的坦然的神情
她疼痛又欣慰的泪光
洗不净你浑身硝烟，以及
仍在滴血的伤口

你们面面相觑，亲切对望
她多么希望你还像儿时
无忧无虑地啼哭嬉闹乃至恶作剧
可是却没有，也没有你风一样
急匆匆的身影急匆匆的脚步

因为你有了这样一个称谓
烈士

2

那个黎明之前骤来的乌云
凶狠地吞噬了初露的鲜嫩朝霞
顿时将你和你率领的战友
遮住，你们被严严实实地
围困在一座如屏的山脚下
四周山岩树木纷乱凄迷

在挽转民族命运的对阵中，你们
置身在生死存亡的最前沿
你们不但要降服他们，赶走他们
还要打碎他们背后称霸的梦呓
所以他们残酷野蛮的子弹
暴雨般疯狂地射向你们
呼呼炸响无数条炙烫的弧线
堵住了所有的大路和小路

自从投身最危险的时候
你就准备好了会有这一天
此刻，手中的枪又告诉你
既然已有的路都被封断
那就让你们和它一道，奋力
辟出一条路，通往生存和光明
于是，你领着三十六个战友
顶住洪水一样压过来的死亡
让其他人先冲出去

其他人冲出去了
你和你的三十六个战友
全部倒在了血泊里

3

你躺在烧焦的岩石旁，鲜血
绽放开艳红凄美的花朵
喷洒绚丽惊心的芳香
融进绸缎飘浮的晨曦
与无边灿灿霞光一起飞升

你握枪的手指向前，枪口
溢出淡淡的蓝色的残烟
你大睁的双眼朝向前，目光
追踪远处渐逝的黑夜
重重山影和绿树中脚步踏踏
你鱼儿般突围出去的战友们
已游进了汹涌澎湃的滔滔洪流
向着惊颤的邪恶勇猛冲击

碧空中有一只鹰，和你
在同一个高度上飞翔

4

这是一片贫瘠又肥沃的土地
这是一片古老又新鲜的土地
这是爷爷用生命换来的土地

这是奶奶用泪水滋养的土地
它声音颤抖，哽咽不休地说
唔，我的儿子，我的儿子

战友们说：站起来，站起来呀
和我们并肩继续冲锋，迎接明天
乡亲们说：醒一醒，醒一醒呀
来和我们一同耕耘、播种、收获
妻子说：你说话，你说话呀
兑现你早就对我许下的诺言
儿子说：牵我手，牵我手呀
送我上学校，领我去看远处风景
坟中父母说：快回去，快回去呀
尽管我们不愿揪心的分离

你一句话也不说，苍白凝重的
脸上，滚动熊熊烈火隐隐沉雷
夹杂丝丝缕缕无奈的遗憾
以及深长的期盼与思考

5

两万多个日出日落
两万多次月缺月圆
硝烟早已散尽，在你的身旁
野花开了又谢，谢了又开
庄稼收了又种，种了又收
你的年龄定格在二十九岁
仍然那么年轻

风的高蹈从你面前舞过
雨的歌声在你身后唱远
你始终沉默着，沉默的笑容
从过去，到现在，以至未来
一直注视着旗帜的方向
旗帜的方向，就是你的语言

你躺在这块土地上
面朝东方，那里有大海
你的左边是黄河，右边是长江
它们向着大海奔流，在那里汇合
腾起滚滚不息的巨浪

灯塔

返航时最先看到的是你
出海时最后告别的是你
即使在遥远的大洋中
你也时刻在我们心里
无论那一阵风那一重雾
怎样千思百虑用尽心机
也挡不住你多情祝福的言语

你的心亮在我们眼前
你的话响在我们耳际
我们血中流淌的
我们心头闪耀的
都是你穿越时空的光芒
为我们编织的大旗

当黑夜把我们同险恶紧紧捆在一起
当台风掀起狂浪挤满航途
当浓雾把所有的风景遮蔽
没有了洁净的碧空闪烁的星月
混混沌沌中不辨南北东西
因为有你，狂风就休想把方向吹落
巨浪就休想把我们吞噬
而我们的存在，则
是大海的期冀

群峰高耸

起义者

坚硬的铁砸在石头上
溅起点点火星燃烧
白昼间隐秘筹划的冒险
漆黑的夜里炸响枪声
子弹飞窜的弧线描画出
惊人的美丽

当太阳升起，已不是
原来的太阳，灼灼驱散
死一般的阒寂和黑幕
刺刀挑起的霞光和
硝烟擦亮的雷电
悬起了诱人的蓝图

第一声枪响并不是结束
而是一个开始
连绵的枪声连绵响起
于是，在深山，在密林
在古老的大地，便有刀枪
蘸着信仰在人心上磨砺
火焰向八方蔓延燃烧

尽管播撒它的人
历经九死一生

可火既然烧起来
就不会再熄灭
虽然并不都是勇敢者
在枪林弹雨里始终如一
枪声还是一个传给一个
从黑夜到清晨，如同歌声
唱成一首壮阔的进行曲
唱出一个新的时代

高山

当所有的路都被死神把守
便有人从四方涌来走上这
峭岩密林满布的山岗
一条路就从他们
脚下茁壮地生长
在这弯曲山野上，他们
用火烧出一片时空筑起
一道没有墙的墙
不但流汗还流血还殒命
把山岗和山岗中的岩石溪水都
照得辉辉煌煌，直到今天
还闪烁明亮

灰褐色的石头因此
有了一种风骨一种性格
树木花草云雾也有了
深刻的姿态和思想
在这里种植的憧憬
已经收获又长出新芽
而这山却沉默不语发射着
老练稳重的光芒

隔着一段距离我静静
打量它的脸色和身影

走过的岁月和前面的路程
都没有被风景所迷惑
它已不是过去的形象

背影

背影愈去愈远了
饥寒交迫的背影
衣衫褴褛的背影
流着汗血的背影
依然十分清晰

愈去愈远的背影以及
它所标示的高度和深刻
在晨光夕晖里在风雨雷鸣中
是一簇鲜艳的开不败的花
一抹不逝的绚丽

有硝烟挥舞的壮烈
有血火浇铸的辉煌
有云霞编织的光彩
成为璀璨夺目的五光十色
时时在前方升起

不再重复的岁月推着
燃烧火焰的目光
而愈去愈远的背影总是
那么多情那么亲切那么
引人瞩目的旗帜

群雕

站立在这天与地之间
他们就是一座座山峰
以不同的姿势和目光瞩望
同一片天同一块地同一条
曲曲折折的路，来自悬崖
通向远处的风景

只有他们才有资格
站在这里讲述发生过的一切
那险恶那艰辛那血汗
那进击那腾跃那隐蔽
和它所葆有的光荣

他们仍然这么年轻，一如
刚刚栽下的翠柏青松
星光月辉下可有娓娓交谈
甚至于激溅火花的论争
把一段滴血的历史写得
多姿多彩艳丽厚重

也许没有人能站在这里了
机遇与挑战往往也是
时代给予的恩宠

但无数人可以走近他们
看年轻的姿势年轻的面庞
获得一种启示和葱茏

山溪源头

纵身跃下高高崖头做一次
轰轰烈烈的伟大壮举
无数个壮举集合起来
呐喊奔突凝结聚集
义无反顾的路程
就从这里开始

挽起臂膀携起双手
沿着没有路的峡谷
进行遥远的艰难之旅
既然巍峨大山赋予了
这样庄严沉重的使命
就不能贪恋眼前安逸

弯曲陡峭峡谷
峡谷陡峭弯曲
巨大的渺小的岩石和
绿树间婉转清脆的鸟啼
都没有迷乱目光
以及柔韧的心志

一路冲击一路前行
胆怯者隐进了草丛
落荒者渗进了沙石

溪流虽然惋惜却没有停脚
越来越宽阔越来越有力
终于冲出羁绊冲出大山
汇进了波涛壮阔的大海

你站在云里雾里

你站在云里雾里，闪动你的
身影和彩笔
浓重的茫茫的雾夜
太阳抖开金色羽翼
鲜花铺满古老山路
歌声衔出一个个神奇
朝霞浸透晨衣

淡淡的天边云雾
朦胧出一种美感
花更绰约，鸟更俏丽
远山飘来一段彩云，流淌
柔润的衷情和相思
我要说你对云雾有着
独特的触觉和透析
那里有属于你的发现以及
你嚼出的所有哲理
然后把它迎风高挂
让天地间跃动快活的心律

你站在云里雾里
凝起的眉头像一颗宝石

预言

最艰难的岁月困不死
最美最好的憧憬
一幅无比绚丽的画
在冷风冷雨的小屋里
伴着油灯光诞生

无边的松涛奏响凯歌
隐现的山峦踮起脚尖
穿透层层漆黑的夜色看到
朝霞万道拂吻小草
衔起的水珠五彩晶莹

还有密林里的火焰
一寸寸驱散凛冽寒冷
营造一片柔曼的温馨
向着四野八荒扩展
举起万颗星星

当预言者的预言变成
确确凿凿的事实
生长预言的地方
便庄严起来神圣起来
叠满朝拜者的脚踪

绝境中

当一群破衣烂衫的队伍拖着
疲乏已极的身躯走进这村庄
追击的枪声仍响在不远的身后
崎岖山路上行进的
是一个失败的形象

舔着滴血的伤口
把目光投向浩瀚天宇
急速旋转的思维在
高山深谷密林草丛里
播下点点等待燃烧的火光

有人看到了相信了追随了
不迟疑地紧紧拥抱
获得了金灿灿的辉煌
有人则背对它走进了迷茫
同是处于绝境之人
也有不同的方向

时间做出公证结论后
庆幸者永远庆幸
后悔者永远后悔
痛苦失败的人，并不都是
痛苦的收场

井冈山

1

一步步远离往日的辉煌
刀枪梭镖以及竹矛拥抱出的
不驯野性的精壮
已成为风景的哨口
已成为遗迹的峭壁
以老者姿态挥动手臂
细细地斟酌每一句话
面对面
它把我凝望
我把它凝望

2

老年人想来又怕到这里来
过多的回忆过多的传说会引起
过多的激动，承受不了
过多的荣耀骄傲和期望
无力的脚步已不能
攀登竹林树丛石径
只能回顾的年龄会产生
强烈向往的感伤

狭小山坡站满了智者
辉煌春夏秋冬日光月光
即使站在他们面前
心海也会卷起滔天大浪

3

这里是青年人的天地
滴翠的嫩绿贮满营养
幽谷兰花开得多情
山顶云雾变幻迷离
峭崖上的簇簇鲜花
艳丽着投去的目光
密林深处燃一堆篝火
煮沸的泉水滋生欲望
傍梳头美女合影
学先行者临风吟哦
把浪漫激情写满山岗

4

高高耸立的纪念碑俯视
通往这里的路
走出这里的路
思绪敏捷得鹰一般迅疾
老石匠细心雕凿
把一种精神镶嵌在天地之间
送给昨天今天和明天
时时飘洒的云雾
藏着无边无际的遐想

瑞金秘密

一条条路从这里通向远方
一条条路从远方通向这里
熙熙攘攘的人流车流
匆匆而来，又匆匆而去
好奇的目光好奇地触摸
深深泥土皱褶里掩藏的
那密密麻麻的不老根须

年轻的桂花树竞相撒播
鲜嫩的芳香，在阳光下炫耀
阿妹唱着奶奶唱过的情歌
缠绵着越拉越长的记忆
而一间间白墙灰瓦的高龄房屋
却严守着曾经有过的分歧和争论
伤痕累累的老樟树闭口不谈
那些得胜的、失败的计谋
让寻根的人们自己去思考

淳朴的厚重的红土地，怎样
托举起莽莽高山幽幽密林
啸聚了那个时代的精英
从穷苦的人到富有的人
从满腹经纶的学者到海外归来的志士
身穿褴褛衣衫，双脚沾满泥水

信仰充沛的鲜血和生命
把澎湃激情写成苦难风流
谁也不知道有多少不眠的灵魂
游走在座座墓园及荒山野岭

那井怎样与深深的地下水相接
有了汲取不尽的源泉，所以
没有在时间的流逝中枯竭
所有的狭窄小路会合到一起
蜿蜒崎岖地越往前走越宽
驮着越来越多的心跳和脚步
逢急流架桥梁，遇险阻辟通途
尽管千回百转，云遮雾漫
远眺的目光从来没有打弯

拥挤着老旧木桌木凳的祠堂
怎样宣告一个共和国的诞生
煤渣铺筑的广场走过阅兵行列
踩响了立国庆典的盛大序曲
祠堂大厅内木板隔成的部委办公室
是新中国权力机构的最初胎记
无数红肿的肩膀扛着抬着
走过千里万里，经过热煅冷淬
终于把它放进了宽大的城市

岁月的尘埃越积越厚
厚厚的尘埃掩盖纵横交错的
印迹，犹如清水下的粒粒金沙
沉淀为瑞金特有的秘密
谁能破译出它的真正奥妙

谁便能辨识风向云流，朝着
认定的方向驱驰

一个时代的落幕，是又一个
时代的开始，而历史的追光灯
总是从过去照到现在照到未来
熙熙攘攘的人流车流
匆匆而来，又匆匆而去
一条条路从远方通向这里
一条条路从这里通向远方

黄土丽韵

感恩黄土地

真该感恩黄土地
正如真该感恩红土地

他们从红土地走来
当耸立的险山，汹涌的恶水
以及重重围追堵杀
都变成了身后的绚丽
他们便来到了这里，展现在
眼前的，是另一片风景

厚厚的黄土，宽阔的黄土
黄河水一样的黄土，无际无边
他们在深情的抚摸下
融化了冷风冰雪泥泞
绵软轻柔擦去身上血污
褴褛衣衫包裹的疲惫
在温暖黄土里迅速稀释

懂得刀枪的人，也懂得哲学
知道战争与和平，失败与胜利
终点与起点，结束与开始
都是深奥又明白的命题
而自己的一双脚
只有前行，没有终止

于是短暂喘息之后
他们又向北向南向东向西
终于辟出了新的天地

真该感恩红土地
正如真该感恩黄土地

致延安

我来迟了，延安
来迟了整整四十多年
没吃上你粗糙的小米
没住上你简陋的窑洞
没有用双脚丈量过你的川塬
没赶上在党校抗大鲁艺
聆听那激越昂扬的演说
没赶上整风和大生产运动
在学习和开荒中把自己冶炼
没赶上手握红缨枪或大刀
为保卫你洒下自豪的热汗

来迟了，来迟了，延安
请莫责怪我来得太晚
既然你已成为历史的课堂
时光又怎能流走你的风范
就让我当一名迟到的学生吧
恭敬地坐在你的黄土地上
倾听你讲过去讲现在讲未来
讲怎样在艰难困苦中
把美好的憧憬绣成锦缎
然后再细细审读
我答出的考卷

走在延河边

还是那时的河滩
已不是那时的清流
曲曲折折奔向大海的水
流走了就没有再回头
崭新的水仍唱悠悠谣曲
撩动不息的追求
幢幢新修的高楼对着
宝塔上的圈圈光环
悬一幅明净的画图
我走在延河边
踏着一层层重叠的脚印
历史与现实在心中交融

窑洞前的沉思

当革命匆匆走过风雪泥泞
这里是暂时休整的院庭

干涩的目光粗硬的茧手
将结了痂的伤口轻轻抚平

小米饭喂壮羸弱的肌体
延河水把仆仆风尘洗净

为了养育失血太多的革命
她将血火与风雨一肩担承

最伟大无私的母亲啊
该怎样报答您海一样的深情

"为人民服务"讲话台

虽然没有了裂心的花圈
也没有了催泪的哀乐
夕阳下仍闻悲壮的《国际歌》

我看到他默立在台上
山风掀动那灰旧的衣角
也许他昨夜又通宵未眠
泪水洒满手中粗黄的纸页

沉重的语音沉重的手势
托起巍然耸峙的山岳
一座闪闪发光的生命标高
一条灿灿如虹的做人准则

任凭冷冽的寒风迎面扑来
我的心里却火一般灼热
连身旁新嫩的白杨也沙沙细语
一声声张思德，张思德

虽然没有了裂心的花圈
也没有了催泪的哀乐
土台在就会引后人久久思索

眼泪

1973 年，周恩来总理回延安，看到当地仍很贫穷，他流下了泪水……

男儿有泪不轻弹
他是一个伟岸的男子汉
站在这片黄土地上
却哭了，痛心地哭了
滴滴浑浊泪水啊
打湿了脚下干硬的黄土
以及胸中难遏的恩情
是抱恨是内疚是遗憾
一位劳苦功高的母亲
竟是这般容颜
作为儿子他心痛
作为总理他不安
那一天他吃得很少很少
那一夜他睡得很晚很晚
灯光下掷笔临窗
星斗横斜碧空如洗
微风里他栏杆拍遍

劳山之险

骤然飞出的枪弹
没有能够把岩石击穿
于是一个惊险的故事诞生了
开始在史册上流传
几分真实几分传奇
演绎出茂盛的慨叹
崖壁上当年的老松树
探着身子挥动手臂
一边评说一边指点
真正的生命是强壮的
经得住一次次暗算

棋盘石

多宽阔的一个战场
多激烈的一方战阵
勇兵强将听命杀伐
金戈铁马驰骋飞奔
旋卷起滔滔激浪
腾拥着滚滚烟尘
谈笑间驱动无畏兵马
长风呼啸，日月昏沉
卷动嗒嗒军号猎猎旌旗
展示宏韬伟略
只要坐在这棋盘前
就会点兵谋筹，思绪纷纭

南泥湾

怎样的年代有怎样的辉煌
简朴的纪念馆浓缩着
一个时代的形象

四面围困得铁桶一般
想饿死呼啦啦的大旗
想饿死明晃晃的刀枪
于是南泥湾便站立起来
从烧荒火中从铁镢头下
捧出丰盛的营养

有了不愿饿死的人
才会有饿不死的伟业
饿不死的希望

桥儿沟

一条平平常常的山沟
平常得随处可见
深深的山谷高高的崖头
向上的小径曲折蜿蜒
真想不到这贫瘠的身躯
有着巨大的热源

厚厚的黄土抚平
从刀丛中带来的伤口
一曲信天游送儿女
奔赴救国救民的前线
慈祥智慧的母亲哟
孕育了《白毛女》《兄妹开荒》
《黄河大合唱》的节奏和律动
孕育出那么多书画戏
那么多作家诗人演员

新栽的小树默默无语
新开的窑洞绵绵期盼
只有老态龙钟的教堂
以挂在塔尖的皱纹
记载着不尽的思念
星散八方的儿女
可还记得如火当年

久久徘徊在桥儿沟
晚风拭着额头热汗
对这陌生身影
　　　　陌生面容
我先道一声你好，后说
再——见

牧羊人

南方山水养育的肌体
北方泥土塑造的形象
朔风染紫脸颊
沙粒打磨皱纹
沾满灰尘的白羊肚手巾
老羊皮袄油渍冬夏

拦羊铲驱赶一群咩咩声
终年走在这崖畔畔沟洼洼
信天游唱得多么地道
引来一位米脂婆姨
和一群娃娃……

信天游

黄土一样浑厚淳朴
风沙一样嘹亮高亢
棉线一样柔软悠长

如果没有它，真难以想象
小毛驴如何颠响脖铃
羊群如何追逐嬉戏
老镢头如何砍进泥土
牧羊女与赶脚的小伙怎样
把难言的心事传递

祖辈生长在高原的人
劳动和爱情的岩浆长久
在胸中沸腾，终于
找到了独特的喷发方式

听着它我想到了
红艳艳的山丹丹
白生生的羊肚巾
李季和贺敬之……

风不再传递枪声

风不再传递枪声
雨不再舔舐血衣
一群人却来在这里
把战争寻觅
起起伏伏的黄土塬
是一幅铺在膝上的地图
埋藏着多少神秘
急匆匆奔跑的脚步
气喘喘闪动的身影
呼啦啦卷过的战旗
往日的情景又重现眼前
战争不会止息

形象

以这样的形象
站在古老的高原上
黄色土地裹着白色手巾
红兜肚沐千年不变的漠风
赶着瘦壮的岁月
翻过一座座走不尽的崖头
每一座崖头都那么煽情
祖辈传下来的信天游
一代代唱得依然野性
风沙掩盖不住的光辉
连同一个时代一支歌
与黄土一样色彩凝重
塑造了一个形象

延安短章

1

风沙遮不住望眼
现实不会被历史局限
黄尘飞扬中的一双双目光
有了新的角度和思考
有了新的知识和观念
立于前行者肩头看得更远

2

吱吱扭扭的碾子
转过悠悠多少载
曾经推过碾子的人
把碾棍交给了他的后代
尽管军衣的颜色已经改变
可脚步依然沉稳不歪

3

又是南泥湾里的好春光
训练间隙将军扶起犁杖
白羊肚手巾映着绿军帽

信天游追着白云歌唱
往日种的瓜豆已得到瓜豆
新的耕耘又播下新的希望

4

沉甸甸地端在手中
香喷喷地放到嘴边
还是深情煮熟的延安小米
喝这小米粥长大的孩子哟
再喝一口再想一想
会不会忘记昨天

5

枪声炮声早凝成诗篇
目睹者也只能对图指点
叙说战马奔驰勇士冲杀
又绝不仅仅是为了怀念
既然昨天是今天的镜子
那今天为明天提供怎样的借鉴

6

窑洞的主人早已经离开
离开后就再没有回来
留下了这油灯这石砚
无言地讲述那个年代
灯熄灭砚枯干人去远
历史却能昭示未来

7

接过奶奶妈妈用过的针线
绣出同样浓情的荷包鞋垫
使从战火中走来的钢铁汉子
喉头哽咽得泪盈双眼
黄土地养育的陕北女子哟
总能催得军人豪情飞溅

8

长久的向往如愿以偿
他们用双脚把来路丈量
也许从此后他们的一颗颗心
再也走不出这片黄土地
走不出传说走不出回忆
走不出一种精神的光芒

不仅仅是为了怀念

睁大眼睛细细巡视

每一块土石每一根草木

都掀动绵绵无尽的思绪

那不熄灭的点点星火

燃亮了史诗中闪光的警句

我一步步咀嚼回味

不仅仅是为了怀念

伟大行列的后来者

不应只自豪昔日的回忆

长久徘徊于过去的光荣

何能腾飞进更新的辉煌

遗愿开出的艳丽花朵

更有价值和意义

火炬

我伸出微颤的双手
深情地接过来，接过来
这熊熊燃烧的火炬

一团明亮的火焰
一根炙热的长笛
一幅日月绘出的彩图
一面风雨绣制的大旗
一支没有休止符的歌
一首没有结句的诗

它来自遥远的年代
它来自长久的期冀
在寒冷与野兽肆虐的暗夜
它是先辈们手中的利剑
在风雪弥漫的陡峭山径
它是开拓者脚下的足迹
当狂怒的风邪恶的雷
挥动凶猛的狠毒的手
它没有淹灭没有窒息
一代代传递一代代交接
直到我的面前直到今日

还是需要火炬的年代啊

还需要火焰的威力
去照彻遮路的雾障
去焚烧丛生的荆棘
那就把火炬化作忠诚的血肉
化作顽强的身躯
追随前行者呼唤后来者
攀登，从这里开始
久久地徘徊怅望
不是有志的儿女

我伸出微颤的双手
勇敢地接过来，接过来
这熊熊燃烧的火炬

战争景观

读《中国抗日战争史》

不仅仅记录一个战争过程

从柳条湖响起枪声
从卢沟桥响起炮声
便有一支歌风一样传唱开
把我们的血肉
筑成我们新的长城
唱醒了每一颗沙粒
撼动了每一根神经

十四年，十四年，十四年
五千多个血洗的太阳
五千多个血洗的月亮
不屈的心用攥紧的拳头
迎来了一个霞光灿烂的黎明
宣告日本失败的黎明
宣告中国胜利的黎明

时间的长河滚滚奔流
流不走不愿承认的罪恶
流不走不能愈合的伤痛
罪恶和伤痛仍然新鲜触目
还将在这书里得到永恒

中华民族近代的皇皇史册上
第一次鼓荡如此雄风

不仅仅记录一个战争过程

读《南京大屠杀》

明亮灯光流淌着泪滴

淋漓的鲜血将我侵袭

战栗着枪声的鲜血

战栗着鲜血的枪声

拨动裂心的遐思

三十万人三十万人三十万人

三十万父亲母亲丈夫妻子

三十万老年壮年青年儿童

站起来是一堵不可逾越的城墙

冲过去是一支不可阻挡的军旅

可是……可是……可是……

都在屠刀下横死

留下这一页历史

一页白色的历史

一页黄色的历史

一页黑色的历史

如今滚烫的热血已经冷硬

累累尸骨已经朽蚀为泥土

惨叫声和狞笑声也已经远逝

可它的颜色却依然如初

如初的颜色无法洗去

它们……它们……它们……

在时间的键盘上律动
奏鸣出一支歌曲
一支蓝色的歌曲
一支绿色的歌曲
一支红色的歌曲

拨动裂心的遐思
战栗着鲜血的枪声
战栗着枪声的鲜血
淋漓着鲜血将我侵袭
明亮灯光流淌着泪滴

读《东京审判》

这一字一字编织的长卷
比战争的本身还令我心颤
立于被告席上的那些人
在他们密谋杀人的大厅[1]
把被杀的滋味体验
虽然失去了往日的淫威
可他们的心头和目光里
仍写满了凶残

在这里进行的八百一十八次开庭
历经了两年半时间
和平在审判侵掠
正义在审判邪恶
文明在审判野蛮
越过千山万水走来的
无数废墟白骨和哭声
提供着最可靠的证言

从纽伦堡到东京
人类拉开了一幕辉煌景观
而那太沉重太沉重的代价
二十八个人又怎么能够偿还

---

[1] 从 1946 年 5 月 3 日至 1948 年 11 月 12 日，远东国际军事法庭在东京日本前陆军省大厅对日本主要战犯东条英机等二十八人进行审判。共开庭八百一十八次，历时约两年半。

复活者有复活者的泥土
胜利者有胜利者的旗帜
太阳在字里行间匆匆穿行
递给我一枚风不干的青橄榄

注：从 1946 年 5 月 3 日至 1948 年 11 月 12 日，远东国际军事法庭在东京日本前陆军省大厅对日本主要战犯东条英机等二十八人进行审判。共开庭八百一十八次，历时约两年半。

西柏坡作战室

窄小的茅屋，低矮的房檐，
地图上布满红毛线蓝毛线，
牵着战火燃烧的前沿。
轰响雷霆的枪声、炮声，
滚过浓浓的战云、硝烟。
军号嘹亮，铺筑冲锋道路，
跃起的脚步携疾风闪电。
看，南下北宁，攻克锦州，千里入关；
看，攻克张垣，占领天津，进入北平；
看，得胜中原，夺取徐州，逼近江边。
这里演绎的皇皇战争奇观，
定鼎了神州的江山。

战争全景画

——参观辽沈战役纪念馆

崭新的光和声复印出
一个已经远去的战争故事
隆隆爆炸轰轰枪炮嗡嗡机群
已不再掀起血肉横飞
只是一种形象的模拟

置身于巨大的画中
就都成为画里的色彩
上年纪的人一眼就找到了
自己曾有的位置
而那些孩子们只能在
讲解员娴熟的叙说里
小心翼翼地跋涉
不知不觉走入动听的神奇

为信仰而冲锋陷阵的人
呼喊声穿越时空界限
情感的流水汹涌为
崇拜者永不枯竭的源头
在起伏奔腾的胸海里激动
碰落纷纷扬扬泪雨

往日的战争被画家
精制成一幅全景画
高悬于辉煌的纪念馆内
就不仅仅宣告失败和胜利
它送给每一个前来的人
绵长悠远的亮丽

它结束的和开启的

——致敬平津战役

枪炮声炸响，喊杀声雷动
如同一把把战争的艺术之刀
把这个战场切割获取
张家口、新保安、天津、塘沽
一个个城头竖起了红旗
孤立了北平这座大城

一座红墙黄瓦筑起的大城
一座文物书籍堆砌的大城
一座悠久文明沉淀的大城
一座宫深门耸头昂的大城
一座沧桑忧患雄伟的大城
一座城外城内人都心系的大城

刀枪指引着谈判
谈判避免了刀枪
西柏坡的握手，为这次战争
画上了另一种颜色的句号
古城没有受到兵火之灾
并扬眉高挺身姿
开国的声音由此飞遍八方
开国的旗帜在此首次升起

开国的礼炮于此响彻天地
战争的硕果久绽芳香

我一次次走进故宫天安门
总会想到那一场战争以及
它结束的和开启的

歌淮海战役烈士纪念塔

儿时的记忆就辉煌壮烈
那个寒冬的枪声炮声以及
六十多个杀声染红的日子
有一天我终于读懂了
淮海战役在史册上的位置
便把它作为故乡的骄傲
怀揣着走遍南北东西

而为了胜利捐躯的人哟
却永远留在了这古战场
化作永恒的日月星辰
照耀着这浸满鲜血的土地
他们的思索他们的憧憬
全部放在了我们的双肩
注入我们沸扬的血液

当然并不是一切战争
都值得后代缅怀
所有的塔都让人仰视
但当我身穿军衣一次又一次
放轻脚步走近这高耸的纪念塔
每一次总久久肃然站定
禁不住满腔凝想和敬意……

军人来到卢沟桥

并非世间的桥，
都有着这样的形象！
老态龙钟的青石板，
叠映出晓月春风雨雪雷电，
石狮子却永远年轻，
鲜活，静美，青春勃放。

桥头首先炸响的枪声，
是我们绿色的骄傲，
和艺术和历史一样绵长。
它震醒了无数昏睡的心，
化作遍地燃烧的烈火，
焚尽那些邪恶那些屈辱，
熔铸一轮属于自己的太阳。

至今，它鼓突的肌肉，
以及直挺不屈的脊椎，
仍拨动我丛莽般的思绪，
向海岸向边关蔓延滋长，
构筑一道道新的卢沟桥，
崛起一座座新的纪念碑，
在中华肥腴的大地，
雄立起民族的辉煌。

阳光下的弹痕

阳光明亮，阳光明亮，
照着古宛平舒展了的皱纹，
照着洁净清爽的空气，
照着汗湿湿的自信，
照着悠闲老人的白发，
照着孩子鲜嫩的笑靥，
照着小伙子挺直的脊梁，
照着姑娘新式的彩裙……

只有那段斑驳的城墙，
还闪动累累弹痕。
它在
回忆那个没有星月的夜晚
以及从那个夜晚开始的
近三千个血与火的晨昏，
愤怒迸发的共同意志，
血泪凝聚的民族之心……

呵！阳光下的弹痕在讲述，
讲述一个不该忘记的年代
和不该忘记的时辰！

寻觅

年轻的花木，不知道
往日的大事和小事
饱经沧桑的建筑
也默默站立，悄然无语
我只得让目光穿透时空
一点点寻觅一点点寻觅
寻找到的和未寻找到的
同样富有锥心的魅力

面对旅顺口

第一缕目光就被牢牢拽住
旋转在蔚蓝色风景里
举着一方长天
肩起两座山峰
横陈万顷海流

飘飘云朵被风暴携走
蒙蒙雾霭被太阳驱走
滚滚岁月被浪涛推走
携不走驱不走推不走的
是中国的旅顺口
是我的旅顺口

陡峭的黄金山闪闪的电岩
触痛我的丛丛思绪
北洋水师船坞和炮台只换得
三昼夜屠杀二万具尸体
穿过一次次修葺的万忠墓 [1]
风雨里呼喊了几多春秋

广濑武夫沉船早已化为铁锈

---

[1]1894 年甲午战争时日军占领旅顺，进行三昼夜大屠杀，两万中国人民惨死于屠刀下，葬地名为万忠墓。

马卡洛夫沉尸早就腐朽[2]
可水雷爆炸和舰炮的轰响
子弹型的塔，刺刀型的碑
却不能从记忆深处消退
比在历史书上活得更长久

面对旅顺口
面对百年变幻翻卷的风云
以及它举起的屈辱和悲壮
时时拍打滚滚潮头
军港的潜艇睁大眼睛
思考辉煌怎样铸就

[2]1904年日俄战争中，广濑武夫率日舰自行炸沉，堵塞旅顺港口航道；俄军马卡洛夫率舰出击，触水雷沉于黄金山前海域。

走进古战场

走进古战场仍须小心
飞来的炮弹枪弹爆破的石块
滚动的硝烟裹着另一种语言
刺目的旗帜展示另一种眼睛
虽然坍塌了仍然是兵舍
虽然爆破了仍然是战壕
尽管指挥部里
没有了地图和灯光

一方胜利了勒石立碑
一方失败了签约投降
胜利和失败都与中国无关
可打烂的是中国的群山
烧焦的是中国的林木
还有这一片艰难愈合的伤口
和无数中国人的无辜死亡

日本人走了留一座纪念塔
俄罗斯人走了留一幢楼房
镌刻着他们自诩的辉煌
我伴着松涛与海涛来到这里
以当代中国军人的名义宣告
中国的山中国的海中国的土地
决不再是外国人争夺的战场

海空飞兵

海空霹雳

海天万里，万里海天
矫健的银翼扯道道云烟
机翼下的滚滚大海
是平原，也是高山

瞄准镜在搜索目标
寻找时隐时现的炸点
那撕裂长天的霹雳
催开朵朵新鲜浪花

劈风斩浪

浩瀚大海上风猛浪狂
勇猛的舰艇劈风斩浪
天上有强大的机群
水下有威武的潜艇

尖厉的呼啸划破海空
隆隆的爆炸震撼汪洋
此刻的大海热血沸腾
编织密而不疏的大网

神勇导弹

感谢那些牵引的车辆
送来了这威武的导弹
海风在不停地叮嘱
要打好这一仗，打好这一仗

好神勇的导弹
真不愧是一尊尊胜利之神
它射出的每一粒弹丸
都准确地命中了目标

踏浪追击

战斗并没有结束
脚步不能有一点停息
海面上继续奋勇冲杀
不要让逃敌喘息

浪头闪开一条条路
海风呼啸鼓满军旗
穿过激流，踏过险浪
追击，追击，继续追击

登上海岛

军号声声在海天间回响
舰艇疾驰摆开战场
浪是烈马，船是鞍鞯
骑手们满腔豪情放开缰

滩涂展开激烈的争夺
礁岩间密集的弹雨飞溅
一双双铁脚飞跨过去
红旗插上海岛最高峰

荧屏驭战

荧屏显示一个个图景
键盘传出一个个指令
寂静紧张的指挥一部
熟练驾驭着一次战争

步兵，导弹，飞机，舰船
天上地下海里，一起相约
把所有的决心和智慧集中起来
凝成共同的卫国行动

大船

浩渺的浩渺的大海上
你高举旗帜兴冲冲走来
我们的航母,我们的大船
太阳为你镀一层金
月亮为你镀一层银
多情白海鸥绕着你舞蹈欢唱
透明洁净的流霞,为你
披一身蝉翼般轻盈的衣衫

航母啊,我们的大船
你满怀豪情踏波履浪
矫健的身躯威武庄严
忠诚的舰岛高挺胸膛
宽阔的甲板放飞鹰群
明亮的目光瞩望八方
心脉的律动感应潮流
滚滚大海使你光芒四射
你使滚滚大海笑展眉头

是啊,自从大海成为角逐场
地球上这片流动的蔚蓝
不仅绽放白色的纯洁水花
也生长吞噬安宁的狂暴恶浪
总有强权者横行无忌

总有抢掠者贪得无厌
于是这里便布满争夺杀机
谁想真正拥有自己的大海
谁就必须拥有自己的大船

而我们辽阔的海域
曾是冒险者恣意出入的水上乐园
曾是入侵者随意聚餐的丰盛华筵
因为那时我们没有自己的大船
所以从大东沟到旅顺口到刘公岛
从舟山到虎门到西沙到南沙
多少屈辱的悲壮，悲壮的屈辱
穿越一百年又一百年
长久的梦想，泣血的呼唤
今天终于有了你啊
大海怎能不和我们一样欢呼

大船上的人，从领航者到
每个成员都是血性男儿
在这饱经沧桑波诡云谲的大海上
有着相同的信念，相同的肝胆
相同的忠勇，相同的锐敏
注视有规律的潮涨潮落
辨识无秩序的阴晴变幻
穿越重重莫测的暗礁漩涡
一步一步走进深蓝

航母啊大船，对于你
我无须优美动听的赞歌
也无须含蓄深邃的颂词

你本身就是一种形象一种强大
让波涛平静，让海天璀璨
清点每一朵浪花每一块礁石的
完美纯净，和平与安全
啊，我们的航母，我们的大船

远航

踏波履浪史无前，
远眺云帆六百年。
　　　　　——引自旧作《航海日》

熟悉的海岸越推越远
深情的目光殷殷嘱咐双肩
缓缓驶离祖国海的大门
我们踏波履浪驶向远方
再转身敬个军礼，挥一挥手
泪水打湿了一片海天

在甲板上凭风远眺五光十色
如魔似幻的海洋哟
苍茫浩渺澎湃，云蒸烟霞
美丽丰硕富饶，列奇排艳
浪涛间闪烁多少瑰丽的梦
行驶多少追逐竞渡的舰船
笛响旗飘的心愿

看，中国的远航船
驾驶中国远航船的我们
把信息递向遥远的深蓝
大海粗犷嗓门喊出霞彩
朵朵浪花捧着最美的礼赞

带咸味海风亲吻黄色脸膛
从领航的船长到每一个船员
我们的回答是自信的笑颜

紧贴大海的胸脯前行
头上阳光与阴霾相杂
身旁鸥鸟与秃鹫环绕
风云诡谲，来了去，去了来
不知何处隐藏暗礁漩涡
远航在无边大海上，始终
一半波摇日光月影
一半风动波飞浪啸
因此我们一手牡丹花一手宝剑

啊，我们日夜环绕地球远航
雷暴里，心是闪亮灯塔
迷茫中，眼是清醒航线
浪涛是充沛昂扬的旋律
风雨是始终相随的伙伴
我们的呼吸是大海的呼吸
我们的血脉是大海的血脉
我们的生命是大海的生命
我们的承担，是大海的
承担

附录：寻找适合的表现形式
——关于长诗《险途之光》

对于中国工农红军伟大的二万五千里长征，我最先是从课本上读到的。大渡河激流中抢渡的勇士，泸定桥晃动铁索上飞夺的奇兵，皑皑雪山顶奋力攀登的身躯，茫茫草地里艰难跋涉的脚步，敲得我和我少年的同学们心涌潮水、眼含热泪。

多年之后，我有幸见到从那条路上走过来的前辈，直接聆听他们讲述践危履险的艰苦卓绝、曲折辉煌。聂荣臻、徐向前元帅说理想和团结是取得胜利的保证；王震、杨得志、萧克、杨成武、洪学智等将军说奋勇杀敌突破险关恶水；康克清、陈琮英、李贞、王定国、汪荣华等老大姐说女红军、小红军和有的女红军生孩子饱尝的艰辛……那一个个极富传奇然而又非常真实的故事，远比课本上写的更生动更精彩更感人，让我久久迷醉。

1986年纪念红军长征胜利五十周年时，我在《解放军报》当编辑，负责编发这方面的稿件，有机会先读到老同志纪念、回忆的文章，知道了更多长征路上的人和事，诸如领袖们的决策，官兵们的血战，大自然的威逼，敌人的围追堵截，内部的分歧争论，从而引起我进一步的思考：长征胜利告诉世人些什么，对现在和以后有什么昭示？想着想着，心中禁不住萌生一个念头，想为它写一首诗。可动笔写了一些之后，又感到力不从心，主要是掌握的材料还不够，理解得还不深，不得不衔憾停了下来。

笔停下了，欲望不但没有放弃，反而更加强烈，总想用诗讴歌那次伟大的壮举。从那以后的十年时间里，我断断续续地认真读长征的史料，读老同志的回忆录，读写长征的文学作品，读研究长征的论文，几乎读了当时能找到的所有关于长征的书。同时利用外出之便，拜访了一些前辈，走访了一些长征经过的地方。这时我才觉得，长征本身就是中国共产党领导中国革命长卷中的奇异诗篇，应该用能够与之相配的长诗去表现它，既不能仅仅叙事又不能单纯抒情，而是要找到一个方法，把叙事与抒情结合起来。为此，我根据长征的历程，重新设计成十六章，侧重于叙事，即赋比兴的赋，中间分别插进九支赞歌，主要是抒情，也就是兴，分别赞扬人民群众、广大官兵、领袖、理想、团结、女红军、小红军、到陕北等，同时写进一些诗词、歌谣、传说，以至对话等。它们互相穿插、配合，表达了我对长征的认识：那就是"布满坑洼崎岖的险途／流溢灿烂光辉的险途"，"也曾摔过跤，也曾受过伤／流过血流过汗，以生命作抵押／到底在不是路的地方，把路走得很长很宽"。我为长诗起名叫《险途之光》。

十年之后，在纪念长征胜利六十周年时，这首长诗分章在多家报刊上发表，得到一些人的认可与称赞，还在全军的文艺评奖中得了一个奖。这时我才放下心上的重负，欣慰于自己为宣传长征做了一件应该做的事，尽了一份应该尽的责任。

时间又过去了十年，2006 年 6 月，长征胜利七十周年前夕，我到瑞金访问。那是长征的出发地，有长征第一村、第一山、第一桥。在于都河渡口旁的纪念馆里，听到身穿红军服装的女讲解员动情的介绍，感到我写的《险途之光》的开始部分既符合历史实际，又有着广阔的想象空间。回京之后，又参加了在军事博物馆长征展览解说词的讨论，读了报纸上的报道。这些都使我感到，虽然长征离我们越去越远，亲历的人也越来越少，但它永远是说不完写不完的。

2006.10